개
님
전

개남전 傳

초판 제1쇄 발행일 2012년 5월 20일
초판 제4쇄 발행일 2014년 9월 20일
지은이 박상률
발행인 이원주 발행처 (주)시공사
주소 서울시 서초구 사임당로 82
전화 영업 2046-2800 편집 2046-2821~4
인터넷 홈페이지 www.sigongjunior.com

ⓒ 박상률, 2012

이 책의 출판권은 (주)시공사에 있습니다. 저작권법에 의해
한국 내에서 보호받는 저작물이므로 무단 전재와 무단 복제를 금합니다.

ISBN 978-89-527-6539-0 43810
ISBN 978-89-527-5572-8 (세트)

*홈페이지 회원으로 가입하시면 다양한 혜택이 주어집니다.
*잘못 만들어진 책은 구입하신 서점에서 바꾸어 드립니다.

♣ 사랑의 열매와 함께 저소득층 어린이들의 교육 자립을 지원합니다.

뭣이여, 개놈?
개놈 아니라 개님!
사람보다 나은 진도개!

개님전(傳)

| 박상률 지음 |

시공사

| 차례 |

작가의 말　6

나, 누렁이……　9
쥐 잡는 개 새끼　21
똥개! 똥개! 똥개!　37
국밥 사 인분　52
물에 빠진 생쥐 꼴 되어　69
개장국이 뭔 말이단가?　84
상복 입은 개　98
사람의 길, 개의 길　116
개 학교　132
나, 누렁이……　145

작품 해설　159

| **작가의 말** |

　지난겨울 아들놈이랑 서울에서 내 고향 진도까지 눈보라 뚫고 걸어가는 길이었다. 가다가 팍팍한 다리도 쉬고 주린 배도 채울 겸 길가 기사 식당에 들어서자, 운전기사들 밥 먹다 말고 우리 부자 행색 보고 한마디씩 거들었다.

　이 눈 속에 어디까지 가시는 길이유?
　진도까지 갑니다.
　아, 기시기 진도개 유명한 디 말이유?
　예.
　지금도 거기 진도개 많슈?
　예.

　왜 사람들은 진도에 사람도 산다는 생각은 않고 개 안부만 묻는 걸까? 개만도 못한 사람이 넘쳐 나서 사람 안부는 물을 것도 없는 걸까? 그럼 개만도 못한 사람들은 모두 쥐일까, 아님 고양이일까? 이러다가 사람만도 못한 개가 넘쳐 나면 어쩌려고 그러나. 쓸데없는 걱정 하다 말고, 아차, 며칠째 우릴 기다리는 어머니는 점심 식사나 하셨을까, 밥 먹다 말고 고향 집에 전화를 넣는다.

어무니, 시방 충청도 지나고 있는디, 별일 없어유?
내사 뭔 일 있겄냐만 노랑이가 속 썩인다.
왜 또 넘의 집 개랑 싸우고 다리 한 짝 부러져서 들어왔소?
아니, 고것이 새끼 낳더니만 입맛이 영 없는갑서. 뭣이든 주는 대로 잘 먹던 입인디 요 며칠 새 된장국도 안 먹고 미역국도 안 먹고 강아지들 젖도 안 멕일라고 그랴. 아무래도 지가 잡아 놓은 노루 뼈라도 고아서 멕여야 쓸란갑다.

늙은 어머니, 이녁 안부는 뒷전이고 개 안부만 길게 전한다.
아, 나도 못 먹어 본 노루 뼛국!

- 졸시 〈개 안부〉

진도개는 그런 개다. 사람하고 똑같은 대접을 받는다. 그건 개가 사람하고 똑같은 가족이기 때문이다. 때로 진도개는 사람보다 나은 대접을 받기도 한다. 그건 개가 사람보다 나은 노릇을 하기 때문이다. 지금부터 가족 같기도 하고, 때론 사람보다 나은 노릇을 하는 개 이야기를 시작한다. 개놈이 아니라 개님의 이야기…….

2012년 개와 사람 모두 봄 타는 어느 날
無山書齋에서 **박상률**

나, 누렁이……

'뭔 소리다냐.'

헛간 문을 박박 긁는 소리에 황구는 잠에서 깨어났다. 나이가 들어서 그런 건지, 새끼를 여러 배 낳았으면서도 제대로 산후 조리를 한 적이 없어서 그런 건지, 여름 지나면서 기력이 쇠해지며 저녁밥을 먹으면 바로 곯아떨어지고 말았것다. 젊었을 적에는 지나칠 정도로 밝아 걱정이던 잠귀가 이젠 되레 어두워 탈이었으니, 세월 앞에 장사 없다는 말이 사람에게나 개에게나 똑 진리렷다.

'뭔 소리가 나긴 났는디, 바람 소린가…….'

황구는 대수롭지 않게 여기며 다시 잠을 청해 본다. 그러나 문 긁는 소리는 그치지 않는다. 황구가 문을 밀치자 문 앞에 개 한 마리가 쓰러져 있는데, 꿈에라도 보고 싶던 누렁이 아닌가? 황구가 놀란 소리를 내는 건 당연한 일이렷다.

"아니! 이것이 시방 누구다냐?"

누렁이가 가까스로 대답한다.

"나, 누렁이……."

"누렁이인 줄 아는디, 으찌께 된 일이다냐?"

"어무니 보고 잪어서……."

"오매, 얼매나 보고 잪어서 이 밤중에 뜬금읎이 왔다냐."

"겁나게 많이 보고 잪었제."

"이 늙은 에미가 그렇게 보고 잪었어?"

"그랴."

"근디 으찌께 왔냐?"

"아저씨 차 타고……."

"오매, 시상에! 서울서 여그가 어딘디……."

"그래도 차 타믄 금방이여."

"아무리 그려도 그렇제, 일단 안으로 들어가자."

황구는 헛간 문을 활짝 열어젖힌 뒤 누렁이를 안으로 들게 했것다. 누렁이가 헛간 문턱을 넘어 안으로 들어가는데, 아주 익숙한 자세구나.

황구가 앞발 벌려 누렁이를 안아 보는데, 누렁이한테서 찬 기운이 묻어 나는구나. 누렁이가 어릴 때 곧잘 안아 주던 품이건만 누렁이가 커져서 그런 건지 어릴 때처럼 품 안에 쏙 들어오지 않았으니.

"춥쟈?"

누렁이는 눈을 감고 숨만 쌕쌕거릴 뿐이렷다.

"배도 고플 것인디······."

누렁이에게 뭐라도 먹이고 싶었지만 개 밥그릇엔 아무것도 남아 있지 않았으니 난감할 뿐이로다. 그래서 젖이라도 물리고 싶었으나, 누렁이 형제를 낳은 뒤론 강아지를 낳지 않아 젖이 마른 지도 오래렷다. 그래도 그냥 있을 수는 없어 빈 젖이라도 물려야 했으니, 어미 마음이 어디 가랴.

"입 다실 것이 읎어 으짜끄나. 여그 빈 젖이라도 한번 빨아 보그라."

황구가 옆으로 드러누우며 젖을 누렁이 쪽으로 하자 누렁이는 황구 젖꼭지를 입에 물었것다. 그러나 황구 젖은 젖이 나오지 않는 공갈 젖이나 마찬가지인 걸 어쩌나. 그런데도 누렁이는 젖 안 나오는 어미젖을 천연덕스레 한참을 물고 있었으니. 빈 젖이지만 어릴 때 생각을 떠올리며 열심히 빨아 댄 것이다. 열심히 빨자 점점 몸이 따뜻해지는 것 같았다. 배도 불러 오는 것 같았다. 마침내 누렁이는 황구 젖을 입에 문 채 스르르 잠이 들어 버리는구나.

가끔 지나가는 바람이 헛간 문을 들썩거리는데, 황구는 잠든 누렁이를 그윽한 눈으로 바라보는구나. 세상에 태어나 얼마 되지 않아 바로 젖을 떼고 개밥을 먹게 되었지만 늘 허기져 하던 녀석이다. 밥을 먹고 나도 또 배가 고파 나오지도 않는 어미젖을 한참씩 물고 있던 녀석이 바로 누렁이였으니. 그런 녀석이 어느 날 주인집 처분대로 서울 사람한테 팔려 나가게 되어 얼마나 가슴 아팠던지.

  황구는 누렁이 형제를 뱄을 때가 떠올랐것다. 다른 때에 밴 새끼들은 특별한 기억이 없는데, 유독 누렁이 형제를 뱄을 때의 기억은 이상하리만치 뚜렷하였으니. 누렁이 형제를 가졌을 때 유달리 입덧을 심하게 해서 그런지 모른다. 홑몸이 아닌 데다가 잘 먹지를 못해 뱃가죽이 홀쭉해져 아래로 축 처졌다. 몸을 풀고 난 뒤엔 당연히 젖이 잘 나오지 않았지. 그래서 누렁이 형제는 늘 배고파했다. 일찌감치 젖을 떼고 어른 개가 먹는 개밥을 먹였지만 어린 강아지 입엔 거칠기만 했을 것이다. 그래서 그랬을까. 누렁이 형제는 건강이 시원치 않았던 것이었으니.

  누렁이 형제는 모두 다섯이 세상에 나왔지만 수놈 하나는 나오자마자 죽고, 수놈 하나 암놈 하나는 젖 떼자마자 저세상으로 가 버렸지. 누렁이와 누렁이보다 조금 일찍 세상에 나온 노랑이만 제대로 개 꼴을 갖추었으니, 이런 것을 보고 다 팔자소관이라 하는 것인지. 암놈 수놈 섞어서 강아지를 다섯이나 낳았는데 겨우 암캉아지 둘만 살아남은 것은 예삿일이 아니렷다. 뱄을 때 힘들었던 데다가 낳아서도 둘밖에 살아남지 않았으니, 황구는 이들을 뱄을 때의 기억이 새삼스러울 수밖에. 게다가 누렁이 형제를 낳은 뒤엔 새로 새끼를 배지 않았다. 자신도 이젠 늙은 것이렷다.

노랑이는 강아지 때부터 어기차서 먹을 것이 생기면 뭐든 입안으로 집어넣은 뒤 아귀아귀 먹어 댔것다. 그래서 뼈대가 튼실하고 몸피도 누렁이보다 훨씬 더 큰 건 당연한 일. 그 까닭에 황구는 노랑이는 걱정이 안 되었다. 어디를 가든 굶지 않고 자기 앞을 가릴 녀석이라는 생각이 든 것이다. 하지만 누렁이는 염려스러웠다. 자기 몫으로 주어진 먹을거리도 제대로 못 챙겨 먹는지라 몸피가 왜소하기 짝이 없었으니.

어려서부터 누렁이는 이리 치이고 저리 치였것다. 사람 아이들한테서 무시받기 일쑤였고, 개 또래 사이에서도 늘 따돌림을 당했다. 황구는 그런 누렁이만 보면 짠해서 눈시울이 뜨거워질 수밖에. 사람 아이들로부터 무시받는 건 그렇다 쳐도 개 또래들한테서까지 따돌림을 당하는 누렁이를 보자면 가슴이 안 미어질 수가 없는 것이었으니. 그래서 노랑이가 새 주인을 만나 집을 떠날 땐 그다지 걱정을 하지 않았지만 누렁이가 집을 떠날 땐 마음이 뒤숭숭하였것다. 더구나 누렁이는 멀리 서울로 가게 되었으니. 장터에서 헤어지던 때를 생각하면 언제나 눈물이 앞을 가리는구나.

"어무니, 나 어디로 가는 것이단가?"

"서울로 가는 것이제."

"서울이 멀어?"

"나도 안 가 봐서 몰러."

"그라믄 나도 안 가!"

"그러는 것 아녀."

"뭣 땜시?"

"새 주인이 널 잘 멕일 것같이 생겼어……."

"어무니가 으찌게 알아?"

"딱 보믄 착이제."

누렁이를 달래려고 그냥 하는 말이 아니라 서울 산다는 옷 장수 아저씨는 인상이 좋았것다. 그 사람은 옷 장사할 때 필요한 개를 고르느라 그런지 강아지를 고를 때도 옷맵시를 무척 중요시했것다.

"옷 장수 개는 무엇보다도 옷태가 좋아야지요."

옷 장수 아저씨는 누렁이를 보자 마음에 들어 하였으니. 누렁이 몸피가 작은 것도 그다지 상관하지 않고 살이 별로 찌지 않은 것도 걱정하지 않았다.

"요즘 개들 보면 몸은 적게 놀리고 먹고 잠만 자서 그런지 뚱뚱하고 제대로 걷지도 못하는데, 얘는……."

옷 장수 아저씨는 게걸스레 먹성 좋은 강아지보단 입이 짧은 강아지가 더 좋단다. 하지만 황구는 어미 처지이다 보니 몸이 약한 누렁이가 너무 멀리 새집을 찾아가는 것 같아 마음이 아플 수밖에.

"저 어린것이 그 멀다는 서울까지 으찌께 간다……."

명절 때 보면 주인집 황씨 할아버지의 자식들이 서울에서 열 시간 넘게 차를 달려오곤 했지. 명절 때가 아니더라도 진도에서 서울은 자동차로 예닐곱 시간은 족히 걸리는 거리라 했다. 황구는 몸도 약한 누렁이가 서울까지 어떻게 차를 타고 갈지 걱정이 앞섰것다. 그날 누렁이를 떼어 놓고 집으로 돌아올 때는 발자국마다 피가 고이는 심정이었다. 그렇게 서울로 간 누렁이가 제 발로 찾아오다니…….

황구는 가느다랗게 숨을 쌕쌕거리며 자고 있는 누렁이의 등을 혀로 하염없이 핥아 댔다. 누렁이의 숨결을 따라 배도 같이 들썩거리는구나.

"배가 뭣 땜시 요로코롬 빵빵허다냐?"

황구는 누렁이의 배에 자신의 귀를 갖다 대 보았것다. 누렁이가 '끄응' 소리를 내며 몸을 뒤척이는구나.

"서울 개들은 너무 많이 먹어서 비만 병인가 뭔가 걸린다던디……."

바람이 마당을 가르며 지나가는지 오동나무 잎이 서걱거리는 소리가 났다. 황구는 단잠에 빠진 누렁이 곁에서 일어나 마당으로 나왔다. 초겨울 바람이 꽤나 매서웠다. 멀리 노랑이가 사는 마을의 불빛이 눈에 들어오는구나. 나다니는 사람 없어도 밤새 켜 놓은 골목 가로등 불빛이리라.

"노랑이는 아무 탈 없이 잘 있겄제."

노랑이는 집에서 건너다보이는 마을로 팔려 갔다. 그래서 노랑이가 집을 떠날 땐 그다지 서운하지 않았다. 마음만 먹으면 언제고 볼 수 있기도 했고, 노랑이는 깊은 산속에 혼자 떨구어 두어도 알아서 살아갈 수 있으리라 여겨졌기 때문이기도 했으리.

노랑이는 주인을 따라 장에 갔다가도 만나고, 산으로 들로 쏘다니다가도 만났으니, 그럴 만도 했것다. 먼 데서 보아도 금세 노랑이인 줄 알아보았다. 그건 노랑이도 마찬가지였으니. 아무리 멀리 떨어져 있어도 바로 황구를 알아보고 달려오곤 했다. 어미 자식은 어딘지 모르게 서로 끌리는 데가 있는 모양이었다. 그런 때면 노랑이가 숨을 헐떡거리며 황구 앞으로 뛰어와 얼굴을 부비고 목을 껴안고 난리를 쳐 대곤 하였다.

"야가 늙은 에미가 뭐 좋다고 이래 싼다냐?"

"어무니는 시방 나가 안 좋은 모양이제?"

"내사 니가 좋다만, 이 쭈구렁 에미가 너헌티 좋을 건 뭐 있다냐?"

"그런 말씸 마쇼. 나는 어무니가 시상에서 제일 좋은께!"

그때마다 황구는 자식을 낳은 보람을 느꼈것다. 천방지축 노랑이이지만 어미 생각하는 속은 남달랐으니. 누렁이가 물 설고 사람 선 데 가서 얼마나 힘들게 사는지 몰라도, 노랑이랑 함께 있는 순간만은 아무런 걱정 근심이 없었것다.

"으짜든지 주인집 눈 밖에 나지 않게 잘허고 살어야 쓴다."

"내 걱정은 마쇼. 아침마다 쥐 잡어서 댓돌 앞에 대령혀 놓고, 주인집 손자 놈 똥도 깨끗이 핥아 주고 있은께. 그라고 주인 양반 초상난 디 가서 소리허믄 따라가서 같이 춤도 추어 주고 그라제."

"암은, 그래야제. 근디 집 안의 쥐를 잡는 건 좋은디 혹시라도 쥐약 묵은 것 건들믄 안 돼야, 알었냐? 절대로 쥐는 입에 대믄 안 되는 것이여!"

"내가 뭐 어린 강아지요? 쥐약 묵은 쥐 먹게. 약 먹은 쥐는 절대 안 묵은께 걱정 마쇼! 보드라운 애기 똥을 먹어 본 입인디, 그 입으로 질긴 시궁쥐 고기를 으찌게 묵는다요?"

"그려그려. 자칫허믄 쥐랑 같이 목숨 줄 놔 불 수 있어. 그란께 집 안의 쥐는 절대 입에 대믄 안 된다. 알었제?"

"알었은께 걱정허지 마시란께!"

"으째서 걱정이 안 되겄냐. 백번 잘허다가도 한 번 잘못허믄 끝장인디……."

황구는 노랑이를 보면 언제나 걱정스러운 잔소리부터 했

것다. 그도 그럴 것이 어느 멍청한 진도개가 쥐약 먹은 집쥐를 먹고선 피를 토하며 죽었다는 이야기가 심심치 않게 들려왔으니. 바로 얼마 전엔, 만물의 영장이라고 자부하는 머리 검은 짐승들이 우물가에 버려진 복어 알을 주워다 끓여 먹고 죽기도 했것다. 그러니 사람보다 머리가 좀 떨어지는 개야 말해 무엇하랴.

"근디 서울로 간 누렁이는 으찌께 사는지 모르겄다."

"또 걱정허신다! 서울 사람은 여그 사람보다 뭐든 잘 묵고 잘산다 안 헙디요. 개도 마찬가지겄지라!"

"거그서야 애기 똥도 안 묵고 된장국도 안 묵고 개 사료에 고깃국만 묵는다지만, 우리 누렁이 입맛에 맞기나 할는지……."

"하이고, 어무니, 걱정도 팔자요. 난 그런 것 읎어서 못 묵으요! 그렇게만 먹고 살믄 살도 피둥피둥 찌겄구만이라!"

"너야 그러겄지. 너 같으믄 뭣이 걱정이겄냐……."

"나도 입맛 읎을 때 있구만. 내가 도야지도 아니고……. 아무 때나 뭐든 잘 묵는 줄 아시오?"

"니가 언제 입맛 읎을 때 있었냐?"

"아따, 나도 입맛 읎을 때 있단께! 나 도야지 아니란께!"

"알았어, 알았어. 내 배 속에서 나왔는디, 뭔 도야지겄어? 개가 개를 낳제 도야지를 낳겄냐? 니는 확실한 개 새낀께 걱정 마라잉!"

"아따, 우리 어무니 맬겁시 흥분하신다. 이건 뭐 출생의 비밀 같은 것 따지자는 게 아니잖아유. 개 배 속에선 개 나오고 도야지 배 속에선 도야지 나오는 게 뻔한 거지, 뭐!"

"근디 한배에서 나온 자식인디 너하고 누렁이는 으째 그케 다르다냐."

"맨날 어무니가 말씸허셨음서. '내가 껍데기를 낳았제 속까정 낳았냐고!' 근디 이상허네, 그 말씸대로 허믄 우리 형제 껍데기가 같어야 하네. 그라믄 몸뚱이도 같어야 허는디……."

"그랑께 허는 말이다. 으째 느그 둘은 안 같냐? 헐 수만 있다믄 둘을 한나로 합쳤다가 다시 둘로 딱 나누믄 쓰겄다만! 사람들이 툭하믄 한 에미 자식도 아롱이다롱이라 허드니, 느그가 딱 그 짝이제……."

황구는 노랑이를 만난 김에 가슴속에 있는 말을 실컷 내뱉었것다.

"근디 인자 가 봐라. 밥 묵을 때 되아 간다. 어서 가서 밥 묵어야제."

"어무니는 나를 끝까정 도야지 취급하네잉."

"설움 가운데 배곯는 설움이 젤로 큰께 그라제. 니라도 배 안 곯고 산께 을마나 다행인지 모르겄다잉."

"어무니 말씸대로라믄 누렁이는 꼭 배곯고 사는 것 같소

잉."

"그란 건 아니겄지만 으째 이 에미 맘이……."

"알았소. 알았은께 어무니도 배곯지 말고 뭐든 잘 묵어야 쓰요잉!"

노랑이는 역시 끼니때를 놓치지 않고 잽싸게 집으로 내달려 갔것다. 황구는 뛰어가는 노랑이의 뒷모습을 오래오래 바라보았으니…….

황구가 마당에서 건넛마을을 바라보며 노랑이 생각을 하고 있는 동안 누렁이는 헛간에서 오랜만에 푹 잠들었으니, 꿀잠이 따로 없으렸다. 누렁이의 꿈속에 지난 시절이 시나브로 떠올랐다 사라졌다 하는데, 아예 잠꼬대까지 하며 슬며시 웃기도 하는구나. 황구도 오랜만에 얼굴이 펴졌것다. 그러나 웃고 있어도 눈물이 나는 상황이다…….

쥐 잡는 개 새끼

 황씨 집이 아침부터 소란스러웠다. 주인집 손주 녀석들이 호들갑을 떨었다는 게 더 맞는 말이렷다. 손주들이 호들갑을 떤 건 쥐 때문이다. 밤새 황구네 가족이 잡은 쥐 다섯 마리가 댓돌 앞 신발과 옆에 나란히 놓여 있어서다. 손주들은 죽은 쥐를 발로 차고 꼬리를 잡고 빙빙 돌리기도 하면서 낄낄거렸것다. 이를 본 황씨 할아버지가 기겁을 하며 야단을 치는 건 당연지사.

 "니들 시방 뭐 허는 것이냐?"

 손주 가운데 하나가 빤히 쳐다보며 대꾸를 하였것다.

 "할아부지, 쥐 놀이 하고 있어라우!"

 "잉? 더러운 쥐를 가지고 놀믄 안 돼야!"

 "쥐가 신발 안에 있은께 신을 수가 없어서 그라지라우."

 "그려? 근디, 이놈의 황구는 쥐만 잡으믄 으째자고 댓돌 앞에 갖다 둔다냐. 야, 황구야!"

 황구는 자기를 부르는 주인집 황씨 할아버지 소리에 엉금엉금 기다시피 하며 헛간 밖으로 나갔것다. 황씨 할아버지가 삽날에다 쥐를 그러모아 들고 서 있구나.

 "니는 으쩌자고 아침마다 맨날 쥐를 여그다 모아 놓냐? 볼썽사납게."

 황구는 고개만 주억거릴 뿐, 별다른 대꾸를 하지 않았것다. 어차피 개 말을 사람이 알아듣기는 힘들 것이라 뭐라고 구시렁거릴 것도 없기 때문이렷다. 물론 서운한 마음이 조금도 없는 건 아니다. 밤새 쥐 잡았다고 칭찬은 못할망정 꾸지람을 하다니……. 물론 황씨 할아버지는 꾸지람을 하긴 했지만 황구가 쥐 잡는 일이 싫지는 않은 모양이었으니. 그나마 다행이라면 다행이렷다.

 "햐, 진도개가 영특하기는 혀! 근디 쥐 잡는 건 좋은디, 여그다 갖다 두지는 말그라잉. 아침에 우리 애기들 놀라서 쓰것냐잉."

 사실 손주들은 놀라기는커녕 되레 재미있어 했것다. 자기들은 도저히 맨손으로, 아니 작대기를 들고서도 쥐를 잡을 수가 없는데 개는 맨몸으로 쥐를 잡는 게 신기했거든.

 주인집 쥐잡기를 처음부터 황구네 가족이 맡은 건 아니었다. 쥐가 극성을 부리자 주인집은 처음엔 고양이를 들여놓았으니.

"쥐가 밤새 곳간 콩 가마니를 다 쏠아 놔서 다른 가마니에 옮겨 담아야 허네. 에잇, 이거 참 일거리구만!"

황씨 할아버지가 푸념하는 소리렷다. 연장을 빌리러 왔던 아랫집 아저씨가 마침 이 소리를 듣고 처방전을 냈것다.

"그라믄 고양이를 몇 마리 길러 보쇼잉. 쥐들은 고양이 울음소리만 들어도 혼비백산헌께!"

팔랑귀를 가져 귀가 얇은 황씨 할아버지는 콩 가마니를 바꾸다 말고 아랫집 아저씨 말에 솔깃하였것다.

"쥐가 고양이를 고로코롬 무서워허는가?"

"그라믄요. 오죽허믄 고양이 앞에 쥐 꼴이라는 말도 있겄소! 우리 집 곳간에도 쥐가 몇 마리 사는 것 같더니, 지난 장날에 고양이 사다 두었더니 쥐 소리가 안 납디다잉."

"그려? 그라믄 나도 오늘 당장 장에 나가서 고양이를 사 와야겄네잉."

그날 저녁부터 주인집엔 살찐 암고양이 두 마리가 들어와 살게 되었으니, 황구는 그것이 몹시 못마땅했것다. 쥐는 개가 잡는 법인데, 왜 고양이를 쥐 잡는 포수로 새로 들여앉힌담. 물론 곳간 문틈은 개가 드나들기는 좁다. 고양이는 몸이 작고 유연해 머리만 들어가면 어떤 구멍이든 드나들 수 있지만 개는 고양이보다 몸도 훨씬 크고 유연하지 않아 그러지 못하는 게 사실이긴 하다. 허나 쥐가 드나드는 길목만 지키면 쥐 잡는 건 그야말로 개 밥그릇에 담긴, 식어서 불어 터진 누룽지 먹기보다 더 쉬운 일이렸다. 그동안 곳간은 헛간에서 멀리 떨어져 있어 그다지 신경을 안 썼다. 황구네 가족이 사는 헛간에는 쥐가 얼씬도 하지 않는다. 고양이 울음소리만 나도 쥐가 얼씬거리지 않는다지만, 사실 쥐 사냥 전문가는 개 아니던가. 개털 날리는 소리만 나도 쥐는 쥐 죽은 듯이 고요하잖은가.

아무튼 고양이가 자신의 구역에 들어오자 황구는 자존심이 몹시도 상했것다. 그러니 고양이가 못마땅할 수밖에.

'엥? 고양이가 쥐 사냥꾼으로 들어왔다고? 쥐 사냥이라믄 우리 진도개 종족이 최고 전문가인디······. 전문 포수를 집 안에 두고 시방 씰데없는 짓을 하고 있구만!'

고양이는 쥐 잡을 생각은 않고 햇살이 잘 드는 마룻장에 엎드려 낮 동안 내내 졸기 일쑤였것다. 졸다가도 주인집 손주들이 다가오면 마구 품에 파고들며 온갖 아양을 떨며 어리광을 부렸으니, 아첨꾼이 따로 없었다. 게다가 밤에는 무슨 취미인지 몰라도 담벼락을 타거나 지붕 위에 올라가 오두방정까지 떠는구나.

'저것들이 꼭 달밤에 체조하는 꼴이구만!'

황구는 고양이들이 하는 짓이 전혀 맘에 들지 않았것다. 게

다가 고양이 두 마리가 새 식구로 들어왔지만 쥐를 잡았다는 소리는 들리지 않았다. 쥐 안 잡는 고양이인가 보았다. 그런데도 황씨 집 손주들은 고양이를 좋아하며 끼고 살았것다.

"나비야, 야옹? 일루 와 봐."

손주들은 손에 쥔 고구마나 멸치를 고양이한테 주곤 했것다. 고양이는 허리를 길게 늘이며 게으르게 다가가 손주들이 내민 음식을 널름널름 받아먹었으니.

"아이고, 이뻐라!"

손주들은 고양이가 음식을 받아먹는 것을 보고선 좋아라 했것다. 그 정도는 개도 일없이 한다. 그런데 개가 손주들 예쁘다고 곁에 다가가 혀를 빼물고 얼굴을 비비기라도 하면 손주들은 기겁을 해 대는구나.

"야, 저리 가! 개 새끼야!"

어리광을 부려도 기껏 '저리 가! 개 새끼야!'라는 말이나 듣고 발로 뻥 차이기까지 하는 신세. 참, 개 팔자도······.

그래서 황구는 결심했것다. 일단 아첨꾼 고양이를 집 밖으로 쫓아 버린 뒤 집 안의 쥐를 다 소탕해 버려야겠다고. 그래야 황씨 집안에 다시 평화가 깃들 것이다. 황구의 결심은 비장하였으니.

'고양이 아첨꾼들을 내몰아 부려야것다. 저것들이 들어온 뒤부턴 우리 먹는 것도 시원찮아졌단께!'

맞는 말이렷다. 고양이는 마루 위에서 양푼에 담긴 것을 먹지만 개들은 여전히 헛간 문 앞에 놓인, 나무로 된 개 밥그릇에 담긴 음식을 먹어야 했으니. 그거야 그렇다 쳐도 가장 큰 문제는 음식의 양과 질이렷다. 일단 사람들이 먹다 남은 것을 개 가족과 고양이 가족 두 집이 나누어 먹다 보니 양이 줄어들었것다. 게다가 고양이들은 남의 살점이 없으면 밥을 잘 먹지 않아 늘 비린 것이 양푼 안에 담긴다. 그에 비해 된장국이든 누룽지든 가리지 않고 먹는 개는 말 그대로 '찬밥'이렷다. 개밥은 아무거나 주어도 된다고 생각하는지 사람들이 상을 물릴 때 상 위에 남는 음식 찌꺼기가 고스란히 개 밥그릇으로 옮겨 왔으니.

황구는 이래선 안 되겠다 싶었다.

달 없는 그믐밤. 황구는 노랑이와 누렁이가 잠든 틈을 타 몸을 일으켜 헛간 밖으로 나갔것다. 달은 없지만 마당가 담벼락에 움직이는 물체가 황구 눈에 잡히는구나. 고양이 두 마리렷다. 황구가 담벼락 쪽으로 가자 고양이들이 슬금슬금 뒷걸음질을 쳤것다.

"니들 거그서 꼼짝 마!"

황구가 소리 지르자 고양이들은 도망을 쳤다. 황구가 한 고양이에게 달려가 목을 문 뒤 앞다리로 고양이 몸통을 짓눌러 버렸다. 고양이가 뭐라고 앓는 소리를 냈지만 황구는 아랑곳하지 않았것다.

"똥 가운디 가장 구리기로 호 난 것이 고양이 똥이라더라. 난 고로코롬 구린 고양이 똥 냄시는 못 맡은께, 니들 빨리 이 집에서 꺼져 부러라잉! 쥐도 못 잡는 것들이 어디 와서 유세하는 거여, 유세는, 엉!"

황구는 고양이를 땅바닥에 패대기쳤것다. 고양이가 가르랑 소리를 한 번 낸 뒤 어둠 속으로 쏜살같이 달아나는구나. 다른 한 마리는 어디 있나 찾았으나 보이지 않았다. 황구는 몸에 묻은 먼지를 털어 내듯 몸을 한 번 부르르 떤 뒤 헛간으로 돌아갔것다. 노랑이와 누렁이는 세상모르고 자고 있었다.

그때부터 황씨 집에는 고양이가 더는 보이지 않았다는 전설 같은 이야기가 돌았으니, 고양이가 집을 아주 나가 버린 것이렷다. 손주들은 고양이가 보이지 않자 한동안은 '나비 어디 갔어?' 하며 찾았지만 아이들답게 곧 잊어버리고 말았것다. 황씨 할아버지도 고양이가 사라진 게 어이없기는 마찬가지였으나 굳이 찾지는 않았다지.

"허, 고것들이 감쪽같이 사라지고 말었네. 쪽제비가 내려와서 물고 가 부렀다냐……. 아님 길고양이 노릇 하고 잪어 집을 나갔다냐? 멍청한 것들 같으니라고잉. 쥐만 잘 잡으믄 쫓아낼 일도 없는디 지들 발로 나가 부리다니……."

황씨 할아버지는 장날이 돌아와도 다시 고양이를 사지는

않았것다. 쥐도 못 잡는 고양이를 '노랭이' 황씨라고 불리는 할아버지가 돈 들여 다시 살 리가 있겠는가. 황씨 할아버지는 귀가 얇기는 하지만 절대로 같은 일에 돈을 두 번 쓰는 짓은 하지 않는 사람, 이마에 송곳을 박아도 진물 한 방울 안 나올 정도로 이녁 것은 안 내놓는다는 사람. 오죽하면 마을 사람들이 '누를 황(黃)'씨를 '노랭이 황'씨라 하겠는가. 그러고 보니 구두쇠 '노랭이'나 노란 개 노랑이와 누렁이 모두 같은 항렬 아닌가. 게다가 황구도 노란 개라는 뜻이니, 황씨 집에 사는 동물은 사람 짐승 할 것 없이 죄다 '노랭이'인지도 모르겠구나.

황씨 할아버지는 쥐 잡으라고 사들인 고양이가 온다 간다 말도 없이 사라진 게 괘씸하긴 했지만 한편으론 없어진 게 홀가분하기도 했다.

"지들 몸값이 얼마인디, 몸값도 안 치르고 가 부렀다냐. 에이, 잘 가 부렀다! 쥐가 벨루 무서워하지도 않는 고양이덜 같으니라고!"

고양이가 사라진 비밀을 알고 있는 황구. 황구 자신이 고양이를 쫓아 버린 것이다. 그렇다면 고양이 대신 쥐를 잡아 주면 될 일 아닌가. 특히 곳간에서 알곡을 파먹고 사는 쥐를. 헛간엔 먹을 것도 별로 없지만 황구가 무서워 쥐가 얼씬도 하지 않는다. 그러나 곳간은 쥐 천국이렷다. 황씨 할아버지도 곳간 쥐 때문에 고양이를 사 온 것이리.

달이 점점 차오르는 밤. 황구는 달밤을 도와 노랑이와 누렁이에게 쥐 잡는 법을 가르쳐야겠다는 생각이 들었것다.

"아그들아, 일어나 보그라잉."

황구가 달게 자고 있는 자식들을 깨우자 노랑이가 볼멘소리를 했것다.

"어무니는 한밤중에 뭣 땜시 깨우고 그란다요?"

"쥐 쪼깐 잡아 부러야 쓰것다."

"쥐를 잡자고라? 헛간에 쥐가 들어왔다요?"

"헛간이 아니라 곳간이 쥐 소굴이다."

"그람든 우리 자는 것하곤 아무 상관 없구만. 어무니는 잠도 안 자고 씰데읎이 곳간 걱정까지 허고 있소?"

"곳간에서 인심 나잖어."

"곳간에서 인심 난다는 말은 그게 아니잖어유."

"그 말이 그 말이여. 곳간에 찬 것이 그득허게 많아야 사람들도 푸짐허게 묵고 우리한테까정 콩고물이라도 떨어지제."

누렁이가 하품을 길게 하며 마지못해 일어나 앉으며 한마디 했것다.

"곳간 문은 잠겨 있는디 쥐가 으찌께 들어간다요?"

"쥐 새끼들은 대가리만 들어가믄 어떤 구녁도 다 드나들 수 있제. 니들은 내가 시키는 대로만 허믄 돼야."

마침내 황구네 세 모녀는 헛간을 나와 곳간을 살펴보았것다. 곳간 안에서 찍찍거리는 쥐들 소리가 밖에까지 들려온다. 쥐들이 내는 소리를 듣자 노랑이와 누렁이 몸이 바짝 긴장하며 온몸의 터럭이 쭈뼛 섰것다. 조금 전까지도 귀찮아하던 노랑이는 본능적으로 몸이 달아오르는 것을 느꼈다. 아무래도 자신은 쥐잡이 포수로 태어난 것만 같았다. 그건 누렁이도 마찬가지였것다. 평소 몸이 허약해서 쥐 같은 건 잡을 생각도 못 냈는데, 쥐 소리를 듣자 몸이 근질근질하며 마구 몸을 풀고 싶어졌으니. 황구가 희미한 달빛을 받아 가며 곳간 문이며 벽을 살폈다. 틈새를 찾아내는 것이렷다.

"니들은 여그 구멍에다 고개를 디밀고선 곳간 안쪽으로 개 냄시하고 개 소리만 집어넣어 부러라잉."

노랑이가 뭔 소린가 싶어 물었것다.

"쥐들이 개 냄시 맡고 개 소리 들으믄 바로 죽어 분다요?"

"아니, 쥐들은 개 냄시하고 개 소리가 나믄 괴로워허믄서 곳간 밖으로 뛰쳐나가제. 그라믄 그때 물어서 죽이믄 돼야."

누렁이가 알은체를 했것다.

"그라믄 우리 냄시랑 소리 땜시 헛간엔 쥐가 없다요?"

"그라제."

노랑이와 누렁이는 곳간 문 사이의 빈틈을 한 군데씩 맡아 고개를 박은 채 입김을 안으로 불어넣기도 하고 앓는 소리를 내기도 했것다. 황구는 다른 쪽 문틈을 지켜보고 있었다.

잠시 후 곳간 안이 소란스럽더니 황구가 지키는 틈으로 쥐가 한 마리씩 나오기 시작하는데, 바야흐로 죽음의 행렬이 시작되는구나. 황구는 쥐가 밖으로 고개를 내밀기가 바쁘게 한 마리씩 잡아 문 뒤 땅바닥에 패대기를 쳤것다. 쥐들은 땅바닥에 패대기쳐지자마자 몸을 발랑 뒤집으며 죽어 나자빠지는구나.

사실 쥐들은 개 냄새와 개 소리가 났을 때 이미 절반은 넋이 빠져나간 상태였것다. 그런 상태에서 패대기까지 쳐지자 더는 견딜 수가 없었던 것이렷다. 개 냄새와 개 소리는 고양이의 것과는 달리 치명적이었으니. 고양이 냄새는 별로 고약하지도 않고, 기분 나쁘기는 하지만 소리도 그다지 몸서리 쳐질 정도는 아니었것다. 그런데 개 냄새와 개 소리는 다르다. 개 냄새는 마치 연기에 질식되는 것처럼 괴롭고, 개 소리는 고막을 찢는 것처럼 아프고 공포스럽게 들렸으니.

잠시 뒤 황구는 역할을 바꾸었것다. 노랑이와 누렁이도 진도개로 살아가기 위해선 최소한 쥐 사냥 기술을 익혀야 하기 때문이었다. 그래서 황구는 자신이 냄새와 소리를 곳간 틈새 안으로 밀어 넣고 노랑이와 누렁이로 하여금 곳간에서 뛰쳐나오는 쥐를 잡도록 하였것다.

노랑이와 누렁이는 처음엔 곳간에서 뛰쳐나오는 쥐를 보

자 징그럽고 무서워 멈칫거렸것다. 하지만 이내 쥐 잡는 원초적 본능이 일며 쥐 사냥꾼으로서의 진도개 역할을 아주 빈틈없이 할 수 있게 되었도다.

황구는 흡족해하며 노랑이와 누렁이를 칭찬했으니.

"쥐 사냥은 그렇게 허는 거여. 한쪽에선 사냥감을 몰고 다른 한쪽에선 길목을 지키고 있다가 처리허믄 되제! 인자 곳간도 조용헐 것이여."

노랑이가 꼬리를 흔들며 황구 앞에서 머리를 조아렸다.

"이만허믄 우리도 쥐 사냥꾼으로 쓸 만헌 것이제?"

"그려. 쥐를 잘 잡어야 다른 짐승도 잡을 수 있제. 근디 사냥감에 입 대믄 절대 안 되는 것 알제! 특히 쥐헌티 입을 대선 더더욱 안 돼야!"

"뭣 땜시 안 되는디?"

"가끔 쥐약 묵은 쥐가 있거든."

"쥐약이 나쁘단가?"

"쥐 잡을라고 사람들이 놓는 게 쥐약이여! 쥐약 묵은 쥐 묵으믄 우리 개도 죽어 븐께 그라제!"

"그란께, 쥐는 개 조심! 개는 쥐약 조심이네!"

"그런 셈이제. 그란디 쥐뿐만 아니라 나중에 산에 사냥을 가더라도 그 사냥감에 입 대믄 절대로 안 된다. 노루든 꿩이든……."

"그건 또 뭣 땜시 그란다요, 어무니?"

"우리헌티 먹을 것 대 주는 사람들이 먼저 묵어야 한께 그라제."

"에이, 그건 쪼깐 그렇다."

"그려도 으짜겄냐. 우리 개 종족이 사람 손에 이미 길들여져 부러서 야성이 사라졌는디. 야성이 있으믄 먹는 것도 우리가 알아서 해결할 것인디, 인자 그라지 못허는 게 원망시럽제만 으짜겄냐. 쥐 잡을 때나 노루 사냥헐 때나 겨우 진도개 야성이 나오는 걸……. 그려도 그 야성 평계로 잡은 사냥감을 막 묵으믄 안 돼야!"

노랑이는 황구의 말이 좀 마뜩지 않았것다. 개나 노루나 같은 짐승이지, 개만 다르냐? 그럼 개도 짐승 편을 들어야지 왜 사람 편을 들지? 아무리 야성이 사라져 사람 손에 길들여졌다지만 개가 사람 편을 드는 건 달갑지 않은 일이었으니. 어머니 말마따나 사람들이 우리한테 먹을 걸 대 주니까? 그러나 지금은 그런 것까지 따질 때가 아니다. 그저 쥐 잘 잡은 것만으로 만족해야 한다. 쥐는 확실히 사람 살림도 축내고, 그러다 보면 개가 먹을 것도 축내니까!

황구는 노랑이와 누렁이에게 몇 번이나 쥐 잘 잡는다며 칭찬을 아끼지 않았것다. 더불어 아무리 배가 고파도 절대 쥐를 입에 대면 안 된다는 말도 거듭 곁들였것다.

노랑이와 누렁이까지 나서서 곳간의 쥐를 잡은 까닭에 쥐 소굴이었던 곳간은 언제 그랬느냐 싶게 조용해졌것다. 대신 황씨 집 손주들은 신이 났으니. 황구네 가족 모두가 나서서 잡아 놓은 쥐 때문에 어른들은 물론 아이들까지 입을 쫙 벌리게 된 것이로다.

황씨 할아버지가 가장 앞서서 개를 칭찬하였것다.

"진도개가 영물은 영물이여! 고양이허곤 확실히 달러!"

그도 그럴 것이 고양이는 장에서 사 왔을 때 한두 번 곳간 근처를 얼씬거리긴 했지만 쥐 잡을 생각을 하지 않았것다. 배가 불러 그랬는지, 쥐가 무서워 그랬는지는 알 수 없다. 그러다가 아예 사라지고 만 것이다. 황씨 할아버지로선 고양이한테 들인 돈이 아까워 본전 생각이 나면서 속이 무척 상했다.

손주들은 자고 나면 아침에 댓돌 앞 신발 곁에 개들이 물어다 둔 쥐가 신기해, 쥐를 가지고 노느라 정신이 없었것다. 잽싸게 움직이는 쥐를 평소엔 만져 볼 수가 없었다. 그런데 황구네 가족은 쥐를 잡으면 반드시 댓돌 앞에 가져다 둔다. 마치 자신들의 사냥감을 구경시켜 주기 위한 것처럼 말이다. 손주들은 기다란 쥐 꼬리를 들고 빙빙 돌리는 재미가 쏠쏠했것다.

"히, 이 쥐 잠 봐. 보통 때 같으믄 내 손에 잡히겄어? 근디 지금은 꼼짝도 못혀!"

"그거 가지고 놀믄 더럽다! 저그 갖다 버려!"
"쥐 꼬랑지도 같이 버려?"
"그라제. 그런 걸 어따 쓴다고?"
"말려서 딱 송곳집 허믄 쓰겄는디……."

황씨 며느리, 즉 아이들 엄마는 아이들이 쥐 꼬리를 들고 놀면 기겁을 하였것다. 하지만 아이들은 재빠른 쥐가 자신들의 손에 잡혀 꼼짝도 못하는 게 마냥 신기해서 엄마가 말리는 것도 아랑곳없이 좋아하며 킬킬거렸으니.

곳간이 쥐의 점령에서 벗어났어도 황구는 노랑이와 누렁이로 하여금 늘 곳간을 순찰하게 하였것다.

"곳간이 지금 당장은 쥐 소굴에서 벗어났어도, 곡물 알곡이 있는 한 쥐들은 포기하지 않을 거란 말이여. 걔네들로선 아주 쉽게 먹이를 구할 수 있는 곳이거든. 바보들 같으니라구! 지네들 먹을 거만 쬐끔씩 덜어 먹으믄 사람들도 꼭지 안 돌 것인디……. 마구 파헤치고도 모자라 이 가마니 저 가마니 마구 쏠아 대니, 누가 좋아허겄어……."

황구는 나름대로 쥐들의 생계 감각을 나무랐지만 쥐들은 그런 것까진 알 바 아니었다. 그저 본능대로 쏠고 파헤치면 그만이었으니.

"그랑께 다른 쥐들이 냄시 맡고 곳간으로 또 올 것이여. 니들은 심심할 적마다 곳간 근처에 가서 쥐들이 곳간으로 들어

가지 못허게 혀야 써. 알아묵었냐?"

　노랑이와 누렁이는 황구가 이른 대로 했것다. 낮에는 물론 밤에도 틈이 날 때마다 곳간 순찰을 돈 것이다. 쥐들은 낮보다는 밤에 떼로 몰려오는 일이 더 많았기 때문이다. 노랑이와 누렁이는 이제 아주 능숙한 쥐 사냥꾼이 되어 쥐들이 곳간으로 들어가기도 전에 잡아서 마당에 패대기치게 되었것다. 주인집 손주들은 아침마다 황구의 자식들이 잡아 놓은 쥐를 보며 마릿수를 세었다.

똥개! 똥개! 똥개!

주인집 손주들은 노랑이와 누렁이가 잡아 놓은 쥐를 가지고 곧잘 놀았것다. 물론 아직 밑 터진 바지를 입고 있는 젖먹이는 빼고 말이다. 손주들은 쥐를 조금도 무서워하지 않았것다. 그래서 쥐 꼬리를 들고, 정월 대보름날 쥐불놀이할 때 깡통을 돌리듯이 빙빙 돌리거나 질질 끌고 다녔것다. 젖먹이는 손위 형제들이 쥐를 가지고 놀 때마다 까르르 웃어 댔으니. 쥐들의 행색, 말씀이 아니었도다.

노랑이와 누렁이는 주인집 손주들이 쥐를 좋아하는 걸 보자 더욱 열심히 쥐 사냥을 해 댔다. 노랑이 자매가 사냥한 쥐는 황구가 댓돌 앞에 가지런히 놓아두었다.

황구는 노랑이 자매가 쥐 잡는 요령을 익혔으니, 이제는 아기 똥 먹는 요령도 알아야 한다고 생각했것다.

"이 에미가 이 나이 되게 살도록 묵어 본 음식 가운데 젤로 맛있는 건 애기들이 싼 노란 똥이더란 말이여. 그란께 인자부턴 애기 똥 묵는 연습도 쪼깐씩 허자잉."

노랑이가 코를 발름거리며 눈살을 찌푸렸것다.

"에이, 인자 애기 똥까지 묵어야 혀? 고까짓 것이 뭔 살로 갈 것이 있다고잉!"

"아녀. 애기 똥은 금방 막 싸서 뜨듯한 디다가 젖만 먹은 애기 배 속에서 나와 놔서 말랑말랑허고, 얼마나 구수한지 모른단께!"

노랑이가 고개를 흔들었것다.

"그케 맛있으믄 어무니나 많이 묵어 두쇼잉. 난 쪼깐 비위가 상하는디……."

"일단 한번 묵어나 보고 그런 소리 해라잉. 옛날에 처녀들이 시집 갈 때 되믄 나중에 애기 똥 묵을 강아지부터 장만했단다. 고로코롬 혼수품으로 준비힐 정도로 애기 똥 묵을 강아지가 귀한 대접을 받은 것이여."

"그려도 난 먹기 싫은디……."

황구가 노랑이한테 머리를 가까이하며 말했것다.

"개가 되아 갖고 음식 가려 묵으믄 못 쓴다잉. 나중엔 험한 음식도 마구 묵어야 써. 근디 애기 똥은 맛도 좋고 영양도 최고여! 처음 묵기가 쪼깐 거시기 허제, 일단 맛을 보면 생각이 싹 달라질 것이여."

황구의 아기 똥 찬가에도 불구하고 아기 똥 먹는 게 내키지 않는 누렁이가 기어들어 가는 목소리로 중얼거렸것다.

"나는 누룽지나 된장국이 젤로 맛있는디……."

"그라믄 못써. 개는 주는 대로 묵고, 있는 대로 묵을 줄 알아야 돼야. 입 허자는 대로 허는 건 개 살이 방식이 아니란께. 아무거나 안 묵으믄 걸핏허믄 배곯음시롱 살기 딱 알맞다잉. 그란께 묵는 것 타령허지 마라잉!"

황구가 하도 간절히 얘기하는지라 누렁이는 하라는 대로 하는 수밖에 없었것다.

황구는 노랑이와 누렁이에게 아기 똥 먹는 법을 하나하나 일러 주었것다.

"애기가 똥을 싸믄, 먼저 안방 문이 열린단다."

"그래 갖고라?"

노랑이가 눈을 껌벅거렸것다.

누렁이가 조심스레 물었것다.

"그때 뛰어가믄 된다요?"

"아니. 문이 열리믄 일단 애기가 똥을 쌌는 모양이구나, 짐작만 하고 있다가 우릴 부르믄 그때 움직여야제. '황구야!' 하고 부르믄 말이다."

노랑이가 고개를 끄덕였것다.

"이름 부르는 대로 가믄 돼야?"

"지금까정 에미 이름을 불렀다 그 말이여. 아따, 근디 이름이 뭔 소용이다냐. 누구 이름을 부르든 그냥 먼저 들은 이가 뛰어 들어가믄 되제."

노랑이가 다시 물었다.

"부르기 전에 뛰어 들어가믄 안 되는 것이여?"

"미리 뛰어가 있을 필요까정은 읎어. 너무 앞서가도 우릴 재빠른 진도개라 안 허고, 눈치 빠른 여시 취급허거든."

"근께 여시 취급은 당허지 말고, 그냥 개 취급 받는 선에서 살어라, 그 말이제?"

"뭣이든 지나치믄 모자란 것보다 못헌 뱁이여."

누렁이가 걱정스러운 표정을 지었것다.

"그려도 애기가 똥 눌 기미를 알믄 기다리기가 더 쉬울 것 같은디……."

황구가 누렁이 목을 핥아 주며 대답했것다.

"응, 고것은 어려운 일이 아녀. 똥 마려운 강아지 같다는 말도 있잖여. 개든 사람이든 똥 마려울 때 낑낑거리는 건 마찬가지거든."

노랑이가 콧바람을 픽 내쉬었것다.

"그라믄 애기도 똥 마려우믄 낑낑거리는 것이여?"

"그라제."

황구가 당연하다는 듯이 대답하자 노랑이가 확인하려 했

것다.

"으찌께?"

"방 안에서 애기가 칭얼거리는 소리가 나믄 뭔가 싸고 잪다는 표시제."

노랑이가 고개를 갸웃거렸것다.

"배가 고파도 칭얼거리잖여."

"배고플 때 내는 소리하고는 쪼깐 다르다잉."

"으찌께?"

"애기는 아랫도리가 젖으믄 불편허거든. 오줌을 싸 놨든 똥을 싸 놨든 일단 아랫도리가 젖으믄 불편하야. 그래서 애기는 싸기 전보다는 싸고 나서 더 칭얼거려. 배고플 땐 칭얼거리는 정도가 아니라 마구 울어 대고 말이여!"

"그라믄 배고파 울 때도 우리가 뛰어 들어가서 달래야 하는 것이여?"

"애기 배고픈 것까정 우리가 으찌께 할 수는 없잖여. 우리는 애기가 싼 것만 책임지믄 돼야."

하지만 노랑이는 여전히 못마땅했것다.

"근디 싸기 전엔 알 수 없잖여? 싸고 나야 그나마 알 수 있는 거네?"

"그건 그려. 근디 애기들은 신호가 오믄 바로 싸니께 싸기 전이나 후나 간격 차이가 별로 안 진다고 보믄 되제."

"히! 그건 개랑 마찬가지네! 우리도 신호가 오믄 바로 싸잖여. 나는 그러는디. 누렁아, 너도 그라제?"

누렁이가 고개를 끄덕였것다.

이어 황구는 아기 사타구니에 머리를 들이박고 어떻게 똥을 핥아 먹어야 하는가를 일러 주었것다.

"애기 사타구니를 핥을 땐 뭐니 뭐니 혀도 애기 고추를 조심혀야 헌다잉."

노랑이는 아기 똥 좀 먹는데 뭐가 그리 복잡한가, 하는 표정이었것다.

"애기가 고추를 달고 있어? 밭에 있는 고추 말이어?"

"그런 고추 말고 방울 달린 고추여."

"어무니, 그건 또 뭔 말이라요? 우리가 은제 그런 것 보기나 혔어야제."

"아 참, 그라제. 니들은 아적 애기 고추를 본 적이 읎제. 근디 애기들은 고추만 있는 게 아니라, 조개도 있어야."

누렁이는 점차 황구의 설명에 흥미가 일었것다.

"조개는 또 뭣이라요?"

"응, 여자 애기들이 그런 것을 가지고 있어. 우리 주인집 애기는 머슴애라서 그런 게 읎어. 방울 달린 고추뿐이여. 조개 애기들 사타구니가 핥기는 더 좋은디……."

노랑이와 누렁이는 황구의 말을 점점 더 알아들을 수가 없었것다. 성질 급한 노랑이가 다시 물었으니.

"그믄, 방울 달린 고추는 뭘 조심혀야 허는디?"

"방울이나 고추 안 삼키게 조심혀야제."

노랑이가 자신도 모르게 침을 꼴깍 삼켰것다.

"참말로 애기 똥이 그렇게 맛있단가? 방울에다 고추까정 모르고 삼키게?"

"고것이 아주 고영양가라니께 그러네! 그려서 똥 핥다가 자칫 방울이고 고추고 다 삼키는 줄도 몰러."

"햐, 그렇다믄 한번 묵고 잪다!"

"그랴, 둘이 묵다 셋이 죽어도 모르게 맛있는 것이 애기 똥이여!"

황구는 노랑이와 누렁이를 헛간 앞에 나가 볕을 쬐며 있게 하였것다. 언제든 주인집 아기가 똥을 눠서 부르면 바로 뛰어갈 수 있게 말이다. 황구도 헛간 앞으로 나가 해바라기하였다. 노랑이 자매가 뛰어갈 때 바로 같이 뛰어가서 실습을 시켜야 하기 때문이었다.

해가 하늘 한가운데에서 설핏 기울어 서쪽으로 많이 가 있을 무렵, 마침내 안방에서 아기가 칭얼거리는 소리가 나는구나. 아, 기다리고 기다리던 반가운 소리일세. 황구가 서서히 몸을 일으켰것다.

"애기가 점심 묵고 나더니 인자 일을 볼란갑다."

노랑이가 볼멘소리를 냈다.

"우린 점심을 안 묵는데……."

"애기 똥 묵으믄 고것이 점심이제."

누렁이도 개는 점심을 안 먹는 게 이상했것다.

"사람들은 아침 묵고도 점심 따로 묵는데, 우리한테는 왜 점심을 안 준다요?"

"우린 밥값을 안 헌다고 생각해서 안 주는 것이여."

노랑이가 씩씩거렸것다.

"애기는 뭔 밥값을 헌다요?"

"애기사 젖만 잘 묵고 똥만 잘 누어도 그것이 밥값 아니겄냐."

"밥값 한번 쉽게 해 부네요!"

"그런 소리 마라. 우리가 허는 소리 밤에는 쥐가 듣고, 낮에는 사람이 듣는다."

"들을라믄 들으라고 하지라. 어차피 우리 말은 못 알아들을 것인께."

노랑이는 아무리 생각해 보아도 개 팔자가 상팔자가 아니었다. 가만 보니 사람들은 놀고먹는데 개들은 놀고먹는 법이 없다. 그런데도 주인집 식구들은 걸핏하면 헛간에서 뒹구는 자신들에게 한마디씩 하였으니.

"개 팔자가 상팔자구만!"

황구는 노랑이와 누렁이에게 단단히 일렀것다.

"사람들도 원래는 점심을 안 묵었디야. 근디 요샌 묵더라고……. 사실 말이제 사람들은 너무 묵어. 배창시를 좀 비워 놔야 허는디……. 개들은 예로부터 먹고 잪은 것 있어도 배창시가 다 찰 때까정은 안 묵었어. 그래서 위장병이 읎제. 근디 사람들은 배가 터질 때까정 묵는디야. 그래서 걸핏허믄 배 아파 죽제! 배창시는 절반 쪼깐 넘게만 채우고 나머지는 넉넉하게 비워 놓는 게 좋디야, 사람이고 개고 할 것 읎이."

그러나 노랑이는 황구 말이 실감 나지 않았것다.

"아, 나도 배창시 터질 때까정 묵고 싶다!"

"야가 시방 뭔 소리 하고 자빠졌다냐? 그런 소리 당최 말어라잉. 개가 너무 잘 묵으믄 살만 뒤룩뒤룩 쪄 가지고 도야지 된다잉. 그람믄 복날 그슬리기 좋은 똥개가 된단 말이여. 살찐 똥개 안 될라믄 적당히 묵어야 돼야! 알아묵었냐?"

"똥 묵으믄 우리가 바로 똥개 되는 것 아니라요?"

노랑이는 도대체 황구 말이 이해가 되지 않았것다.

"그려도 달러. 애기 똥은 새참이야! 영양가 높은 새참! 그란께 살은 안 쪄. 알았쟈? 잔말 말고 일단 묵어나 봐라잉."

그때 안방에서 황구를 부르는 소리가 났다. 아기가 똥을 싼 것이렷다. 황구는 노랑이와 누렁이를 거느리고 함께 안방으로 뛰어 들어갔으니.

"어? 황구 너 혼자만 와도 되는디, 새끼들까정 다 달고 왔어? 니 혼자 묵을 것도 안 될 것인디……."

황씨 할아버지 며느리가 아기의 가랑이를 벌린 뒤 두 다리를 위로 들어 올리며 말했것다. 황구는 그러든 말든 노랑이와 누렁이에게 눈짓했다. 얼른 아기 곁으로 가라는 신호였다. 아기가 까르르 웃으며 노랑이와 누렁이를 만지려 했것다.

황구가 먼저 아기 사타구니에 머리를 박고 똥을 조금 핥아먹은 뒤 노랑이에게 고개를 돌렸것다. 노랑이가 황구의 뜻을 알아차리고 아기 사타구니에 머리를 박았다. 약간 구린내가 났지만, 역겨운 구린내가 아니라 향기 나는 구린내였다. 어른 사람들 똥하곤 다른 구린내였던 것이다. 어른 사람들이 똥을 누는 측간 앞을 지나갈라치면 아주 역겨운 구린내가 난다. 아기 똥에서 나는 구린내는 그런 구린내가 아니었다. 샘가에서 아기 엄마가 막걸리를 거르고 난 뒤에 모아 둔 술찌끼에서 나는 냄새 같기도 하고, 진달래로 꽃전을 부칠 때 부엌에서 마당까지 스멀스멀 퍼지는 고소한 기름 냄새 같기도 했것다.

노랑이에 이어 누렁이가 아기 사타구니에 머리를 박고 아기 똥을 핥았것다. 아기 똥은 물컹물컹한 게 마치 된장을 되게 풀어 끓인 찌개 같았으니.

"우리 애기 고추랑 방울이랑 조심허그라잉!"

아기 엄마가 아기의 엉덩이를 들어 올려 주며 누렁이를 쳐다보았것다.

　누렁이는 아기의 고추와 그 밑에 매달린 방울을 물지 않도록 조심했다.

　"더 깨끗허게!"

　아기 엄마가 이른 대로 누렁이는 아기의 엉덩이를 깨끗이 핥았것다.

　아기 한 명의 똥이 개 셋의 배를 부르게 하지는 않았다. 하지만 개들은 원래 낮 음식을 먹지 않기에 새참치고는 아주 특별했다. 그리고 무엇보다도 노랑이와 누렁이가 드디어 아기 똥에 입을 댔다는 게 황구로선 아주 뜻깊게 여겨졌으니.

　"황구야, 니 덕분에 애기 똥 깨끗이 치웠다. 인자 됐다! 니 새끼들까정 고생했다."

　황구는 아기 엄마가 치사를 하자 알아들었다는 표시로 고개를 두어 번 조아린 뒤 노랑이와 누렁이에게 방에서 나가자고 했것다. 노랑이와 누렁이는 혀를 길게 빼내어 입 가장자리를 핥았다. 노랑이와 누렁이는 처음 먹어 본 아기 똥이 구리기는커녕 제법 향기롭기까지 하다는 사실을 알게 되었다. 안방 문을 나선 뒤에도 계속 혀로 입을 핥는 둘을 보고 황구가 부드럽게 물었것다.

　"똥 맛 으짜던? 묵을 만허더냐?"

　노랑이와 누렁이는 동시에 고개를 끄덕였것다. 노랑이와

누렁이는 입언저리에서 아직도 아기 똥 향내가 나는 성싶어 코를 벌름거리기까지 했다.

"거 봐라. 내가 뭐라 하던. 그래서 '개가 똥을 마다할끄나'라는 말도 생겼단다. 일단 묵어 본께 생각이 달라지쟈? 앞으로도 애기가 똥 싸서 부르믄 놓치지 말고 얼른 뛰어가서 묵어 두어라잉. 부지런혀야 더운 똥 얻어묵을 수 있은께 애기 크는 동안은 늘 안방 신경 쓰고 살어야 된다잉. 애기 똥 진짜 맛있었쟈?"

누렁이가 소리쳤다.

"맛있더고만이라!"

노랑이도 맞장구를 쳤다.

"개 맛있었지라우!"

황구가 눈을 껌벅거렸것다.

"개 맛있었다구? 그게 무슨 말이다냐? 개가 먹었은께 맛있었다고?"

노랑이가 대답했다.

"짱 나게 맛있었다는 얘기지라우. 주인집 아그들이 맨날 쓰는 말이지라우. 진짜, 짱 나게, 개 맛있었다니께요!"

황구가 입을 벌리며 크게 웃었다.

"그랴. 우리는 맛있는 애기 똥 먹어서 좋고, 애기 엄마는 애기가 똥 싸도 뒤처리 간편해서 좋고! 이것이 바로 누이 좋고 매부 좋은 것 아니고 뭣이겄냐."

"개 맞는 말씸!"

노랑이가 익살스레 대답했것다.

황구가 다시 웃었다. 누렁이도 노랑이 말이 우스워 황구를 따라 웃었것다.

황구가 노랑이와 누렁이를 번갈아 안아 주었다.

"아이고, 내 새끼들, 오져 죽겄네! 인자 애기 똥도 잘 묵는단께."

황구가 웃다 말고 엄한 표정으로 주의를 주었다.

"근디, 애기 똥이 맛있다고 정신 팔려서 애기 고추나 방울 다치게 허믄 안 된다잉!"

노랑이가 촐싹거렸것다.

"당연한 말씸!"

"까불지 말고 에미 말 잘 새겨들어. 언제 들은께 윗말 어느 집에서 개가 주인집 손주 똥 먹다가 방울까지 같이 묵어 부러 갖고 난리도 그런 난리가 없었디야."

노랑이가 시무룩한 표정을 지었것다.

"고건 묵으믄 안 되는 거제? 새알 같은 게 혓부닥에 닿는 감촉도 보드라워 좋고 맛있어 보이던디."

"안 돼야! 자칫하믄 애기 고자 돼야 부러! 큰일 나!"

누렁이가 고개를 갸웃거렸것다.

"고자가 뭔디요?"
"불알 읎는 사내 말이여!"
"불알 읎으믄 으찌께 되는디요?"
"으찌께 되긴. 사내구실 못허는 거지. 도야지간의 불알 깐 수퇘지들처럼 말이여."
 노랑이도 궁금하긴 마찬가지였것다.
"사내구실 못허믄 사람이 아닌 것이여?"
"사람이야 사람이제만, 자식도 못 낳고 목소리도 이상하게 변한디야……."
"근디 도야지간의 수퇘지들은 일부러 불알을 까기도 헌담서라?"
"그야, 수퇘지가 고렇게 많을 필요가 읎은께. 또 불알을 까야 암퇘지처럼 고기 맛이 보드랍고 좋디야."
 누렁이가 조심스레 물었것다.
"개는 불알 안 깐단가?"
 황구가 당황하며 앞발을 내저었것다.
"개야 뭐……."
 이번엔 노랑이의 표정이 제법 심각하다.
"근디 어무니, 첨부터 불알 읎는 애기들도 있담서?"
"응, 있제. 느그들맨치로 처음부터 여자 애기로 태어나믄 불알 대신 조개가 밋밋하게 붙어 있어. 근디 우리 주인집 애기들은 으짠 일인지 사내 애기들만 태어나 항상 조심허게 허드란께."

황구가 헛간 앞에서 노랑이, 누렁이와 얘기를 나누는 사이 마실 갔던 황씨 할아버지가 마당에 들어섰것다.

"이 녀석들, 지난밤에도 밥값 혔더구나!"

황씨 할아버지는 노랑이 자매가 쥐 잡는 일을 '밥값' 했다고 표현하였것다. 아기 똥을 치운 것도 밥값 한 건데 황씨 할아버지는 아직 그것까지는 모르는 것 같았다.

"니들 덕분에 곳간에 쥐 새끼가 한 마리도 얼씬하지 않아서 좋다야. 이번 장에 같이 가자. 내가 맛난 것 사 줄게."

황씨 할아버지는 황구네 세 모녀더러 같이 장에 가자고 했것다. 황구가 여태 겪어 본 바로는 개는 팔려 나갈 때만 장에 간다. 그런데 맛난 것 사 준다며 장에 가자고 하다니! 무슨 꼼수가 있는 건 아니겠지.

국밥 사 인분

장날이 되었다. 황씨 할아버지는 아침부터 부산을 떨며 집 안팎을 드나들었것다. 장에 들고 나가 돈으로 바꿀 만한 것들을 챙기기 위해서 그런 것이렷다. 마침내 할머니가 말려 놓은 무말랭이며 고사리에다 막 밭에서 뜯어 온 푸성귀까지, 황씨 할아버지가 장에 낼 물건들을 손수레에 한가득 실었것다.

"황구야! 니들도 장에 가자잉."

황씨 할아버지가 헛간 쪽을 향해 소리를 질렀것다. 그러나 황구는 장 나들이가 별로 내키지 않았으니.

황구가 노랑이와 누렁이를 보며 중얼거렸것다.

"우리가 장에 갈 필요가 있을끄나……."

노랑이가 꼬리를 살살 흔들었것다.

"주인 할아부지가 우리가 밥값 했다고 장에 가서 맛난 것 사 주신다고 했잖어. 가서 맛난 것만 묵고 오믄 되제, 뭔 일

있겠어유?"

"아녀, 암만혀도 이상혀. 이 에미 기억으론, 요 근래에 개를 장에 데리고 갈 때는 강아지 파는 개장시 할 때 말곤 읎었어."

"개장시 할라고 우릴 데려간다고라? 그랑께 우릴 팔라고?"

"근디 개장시 할라믄 강아지만 데리고 가는디, 나까정 가자고 허는 것이 쪼깐 이상허긴 헌디……."

"혹시 어무니까정 팔아 불라고 고란 것 아녀?"

"내사 늙어서 누가 사 가기나 헌다냐……. 암만혀도 저 영감탱이가 니들이 순순허게 안 따라갈 것 같으니께 나도 같이 데리고 갈라고 맘묵은 것 같아서 찝찝혀다잉."

황구는 그다지 마음이 편치 않았다. 노랑이는 황구 말을 듣고 나자 들뜬 마음이 가라앉고 말았다. 누렁이도 찝찝하기는 마찬가지였으니.

노랑이가 씩씩거렸것다.

"에이 씨, 영감탱이 속도 모르고 나는 맛난 것 사 주는 줄 알고 속도 배알도 읎이 맬겁시 좋아했잖여!"

그때 누렁이가 엉뚱한 제안을 했다.

"어무니, 차라리 도망가 불믄 으짤까?"

황구가 씁쓸한 표정을 지었것다.

"도망? 우리가 가믄 어디로 가겄냐? 개 팔자가 상팔자라는 말이 있제만, 사실은 어딜 가든 개 팔자가 상팔자 되는 법은 읎어. 집 나가믄 바로 개고생이여. 그란께 그냥저냥 이 꼴로 닥치는 대로 사는 게지……. 황씨 집에서 사니께 나도 황구인디…….”

누렁이가 볼멘소리를 했것다.

“그라믄 우덜 개 신세는 주인이 허라는 대로 허는 수밖에 없는 팔자유? 우린 누렁이고 노랑이인디…….”

황구의 눈가에 이슬이 맺혔것다.

“으짜겄냐, 우리 개 팔자가 그렇제……. 누렁이고 노랑이고 황구맨치로 노란색인 건 다 마찬가지여.”

황구네 세 모녀는 걱정스러운 마음이 일긴 했지만 당장 뾰족한 수가 없었것다. 그래서 황씨 할아버지 하자는 대로 따르는 수밖에 없는 자신들의 신세가 원망스러웠도다.

장에 갈 준비를 마친 황씨 할아버지가 “황구야! 황구야!” 하며 황구를 찾았것다. 황구는 어쩔 수 없이 헛간을 나서 노랑이와 누렁이를 데리고 황씨 할아버지의 손수레 뒤를 따랐으나, 속이 속이 아니었도다.

장에 들어서자 황씨 할아버지는 장마당 한쪽 빈터에 손수레를 세운 뒤 물건을 하나하나 내려 바닥에 진열하는데.

“어무니, 우리도 저그 앉아 있음시롱 새 주인을 기다려야 하는 거유?”

노랑이가 장마당 한쪽 끝을 턱으로 가리키며 황구를 쳐다보았것다.

황구가 고개를 갸우뚱거렸것다.

"아직은……. 우릴 팔 거믄 황씨 할아부지가 나헌티 뭐라고 헐 틴디, 아무 말 안 허는 것 본께 팔 생각이 아닌 것 같기도 허고……."

무말랭이며 고사리며 푸성귀는 곧잘 팔려 나갔것다. 할머니가 워낙 깔끔하게 다듬어 주어서 그런 것 같았다. 일단은 다른 사람들 것보다 훨씬 깨끗해 보였으니까.

물건이 어느 정도 팔려 나가자 황씨 할아버지가 황구에게 일렀것다.

"황구야! 니 새끼들 데꼬 장 구경 허고 오니라. 너무 멀리 가지는 말고……. 이따가 내가 부르믄 바로 와야 된다잉."

황구는 어리둥절했다. 장 구경 하고 오라니, 황씨 할아버지가 진짜로 맛난 것 사 주려는 것 아녀! 그러나 아직 마음을 다 놓을 수는 없구나.

"아그들아, 할아부지가 진짜로 맛난 것 사 줄 모양이다. 우리 보고 장 구경 허고 오라잖여! 개장시 할 거믄 여그서 꼼짝하지 말고 있으라고 헐 것인디……."

황구는 노랑이와 누렁이를 데리고 장 구경에 나섰것다. 닷새마다 한 번 열리는 오일장이긴 하지만 제법 규모가 커서 그런지 장꾼들이 많았다. 외지에서 들여온 공산품 장꾼에다 군내에서 나는 수산물과 농산물을 가지고 나온 토박이 장꾼들로 북적거렸다. 어찌 보면 사는 사람보다 파는 사람이 더 많았다. 토박이 장꾼들이 저마다 가지고 나온 물건들을 다 팔고 나야 물건을 사는 장꾼으로 바뀌어서 그럴 것이다.

황씨 할아버지처럼 집에서 가져온 물건들을 장마당에 펼쳐 놓고 손님을 기다리는 토박이 장꾼들이 있는 곳을 지나자, 옷이며 그릇들을 짐차에 싣고 와 파는 곳이 나왔것다.

"어무니, 저것 좀 봐!"

뜬금없이 노랑이가 놀란 소리를 냈것다. 황구와 누렁이는 노랑이가 가리키는 옷 전을 바라보았것다.

"엥?"

황구 역시 놀란 소리를 내는구나. 뽕짝 음악이 흥겹게 흘러나오는 옷 파는 짐차 앞에서 하얀 털, 검은 털, 노란 털이 마구 섞인 개 한 마리가 가격표와 돈 통을 목에 걸고 있었것다. 슬쩍 봐도 진도에서 태어난 진짜배기 '진도개'가 아니라 육지에서 태어난 얼치기 '진돗개'였으니. 황구네 세 모녀는 그 개 앞으로 몰려갔것다.

황구가 그 개에게 말을 걸었것다.

"시방 뭐 허는 것이단가?"

"보시다시피, 옷 팔고 있는 거야."

그 개는 꼬리를 내리고 축 처진 목소리로 대답했것다.

황구가 느릿느릿 말했것다.

"뭔 사연이 있는지 몰라도, 개 체면에 이것이 시방 뭔 꼴이여? 참말로 개코망신이네! 암튼 너도 개냐?"

"나도 개야. 근데 개 체면? 개코망신? 난 그런 것은 몰라."

그때였다. 옷 장수 아저씨가 마구 박수를 치며 소리를 질렀것다. 모른 체하며 그냥 지나가는 장꾼들을 불러 세우느라 그런 것이렸다.

"자! 골라, 골라, 골라! 골라요! 골라잡으십시오! 이번 장에 안 사면 영영 못 삽니다. 할머니들 몸뻬 바지에, 며느리들 쫄쫄이 바지에, 아가씨들 나팔바지까지, 없는 것 빼고 있을 건 다 있습니다. 자, 자, 그렇지만 개들은 가라!"

가격표와 돈 통을 목에 매달고 있는 옷 장수 개는 아저씨의 너스레에 따라 뒷다리로 서서 앞다리를 사람 손처럼 흔들어 보이기도 하고, 뽕짝 음악에 맞추어 몸을 빙 돌리기도 했것다. 노랑이와 누렁이는 자신들도 모르게 음악 소리에 맞추어 엉덩이를 들썩이며 꼬리를 흔들고 고개를 돌리기도 했것다. 황구는 옷 장수 아저씨의 너스레와 더불어 노랑이와 누렁이가 즉석에서 피우는 재롱을 보고 있었고.

사람 손님은 없고 황구네 가족만이 옷 장수 아저씨의 너스레를 듣고 있자 옷 장수 아저씨가 발을 구르며 쫓는 시늉을 했것다.

"엥, 이거 사람 손님은 없고 완전 개판이네. 개들은 가라니까!"

"무신 개소리!"

황구는 아저씨를 놀려 준 뒤 노랑이와 누렁이를 데리고 옷 파는 데를 지나갔것다.

조금 더 가자 시뻘건 고기가 내걸린 푸줏간이 나왔다.

'뭣이다냐? 도야지가 내걸린 것 아녀?'

황구는 노랑이와 누렁이가 볼세라 얼른 푸줏간 앞을 지나갔다. 두꺼운 살가죽에 푸른 도장이 박힌 걸 보니 도야지가 틀림없는데.

'도야지들은 죽어서도 저로코롬 매달려 있어야 하는 모양이네.'

황구는 새삼 자신의 처지가 고마웠것다. 듣자 하니 도시에선 보신탕이니 뭐니 하는 개장국집이 성해서 개가 고기로 팔린다는데 진도에는 그런 식당이 없어 개가 죽으면 밭머리에 묻힌다. 죽어서 고기로 푸줏간에 걸리거나 식당 솥에서 부글부글 끓을 걸 생각하면 끔찍했다. 새삼 개 팔자가 상팔자로 여겨지는구나.

노랑이와 누렁이는 사람들 틈바구니를 요리조리 피해 다니느라 제대로 장 구경을 하는 것 같지 않았것다. 게다가 또래 강아지들을 만날 때마다 장난을 쳐 대느라 정신이 없었으니. 토박이 장꾼들이 새 주인을 찾기 위해 가지고 나온 강아지며 사람들 틈을 어지러이 쏘다니는 개들까지, 장터는 그야말로 사람 반 개 반이었겄다. 황구는 앞서 가면서도 노랑이와 누렁이를 자주 돌아보며 챙겼겄다.

"아이고, 증신없어. 사람판인지 개판인지 모르겄네. 아그들아, 서로 놓치지 않게 정신 바짝 챙기고 따라오니라잉."

황구네 세 모녀가 한참 장 구경을 마치고 황씨 할아버지 있는 곳으로 다시 오니 웬 아저씨가 황씨 할아버지랑 이야기를 나누고 있었겄다. 가만 보니 옷 전에서 개랑 함께 옷을 팔던 아저씨네.

"개들이 돌아왔네요. 할아버지, 이 개들 저한테 파시죠."

"아따, 이 개들은 우리 식구나 마찬가진디 으찌께 판다요? 못 팔어요, 못 팔어!"

"값은 잘 쳐 드릴 테니까 그러시지 말고 세 마리 다 저한테 넘기시지요."

"아따, 그 젊은 양반 말귀 되게 못 알어묵네. 나는 이 개들을 팔라고 데리고 나온 게 아니고, 대접할라고 같이 왔단께라. 파는 개, 아니란 말이시!"

"그러면 강아지라도 한 마리 파시지요!"

노랑이와 누렁이가 서로 바라보았는데.

"어미 개가 늙어서 인자 강아지 생산을 못헌께 새끼들을 같이 두고 키우고 있소. 어허, 그 양반 팔 개 없다는디 자꾸 그러시는구만."

"이 개들하고 같이 옷 장사를 하면 아주 잘될 것 같은데, 할아버지가 싫다 하시니 어쩔 수 없네요……."

옷 장수 아저씨는 하는 수 없이 되돌아갔것다.

황구는 적이 안심이 되었다. 황씨 할아버지가 자신들을 그토록 애지중지 아끼는지는 몰랐거든. 아마도 곳간에서 쥐 소리가 나지 않도록 해서 그런 모양이었다. 그런 거야 어쨌든 황구는 황씨 할아버지가 고맙고 고마울 뿐.

마침내 황씨 할아버지가 가지고 온 물건들을 다 팔아 치웠것다.

"오늘은 니들허고 같이 와서 그런지 물건이 일찌감치 동나고 말았다잉. 어디 가서 국밥이나 한 그릇씩 허자꾸나."

황씨 할아버지는 담배를 삐뚜름하게 입에 물고서 물건을 깔았던 비닐 천을 돌돌 말듯이 갰것다. 집에서 알곡 널 때 쓰는 까만 비닐 천이었다. 황구는 알아들었다는 표시로 고개를 끄덕였다.

황씨 할아버지가 황구네 세 모녀를 데리고 간 곳은 장터 옆 한갓진 곳에 있는 국밥집이었것다. 식당에서 구수한 냄새가 밖으로 새어 나왔다. 식당 밖의 검은 솥에선 김이 모락모락 나고 있었고. 황구는 자신도 모르게 혀로 입 가장자리를 핥으며 노랑이와 누렁이를 돌아보았더니, 모두들 '웬 식당?' 하는 표정이네.

황씨 할아버지가 식당 안으로 먼저 들어갔것다. 황구네 가족이 그 뒤를 따라 들어갔것다.

"이놈의 개 새끼들이 어딜! 니들은 밖에 있거라잉!"

황구네 가족이 식당 안으로 들어가자 식당 주인 아주머니가 소리를 꽥 지르네. 황구가 당황스러워하는구나.

"아이고, 개 귀청 떨어지겄네!"

황씨 할아버지가 손을 내저었것다.

"쟈들도 밥 묵으러 온 손님이우, 내쫓지 마시우!"

식당 아주머니는 기가 막히는 모양.

"뭔 개 새끼들이 식당에 와서 밥을 묵는다요? 씰데읎는 농담허지 마시고 개들을 얼른 밖으로 쫓아내요! 개놈들이 어디여길 들어올라고 그란디야······."

"허 참, 개가 식당에서 밥 묵으믄 안 된다는 벱이라도 있남. 내 듣기론 저그 지리산인가 어디선가 혼자 사는 이들은 아예 개허고 사람맨치로 아침저녁으로다가 겸상하는 이들도 있다던디······. 그라고 야들은 보통 개가 아니오. '개놈'이 아니라 '개님'이란 말이여! 쥐도 을매나 잘 잡는 줄 아시는가? 그란께 개 무시 마쇼잉?"

"흥, 개가 쥐 잡는 건 당연한 일인디, 그런 것 가지고 잘났다고 뻐기기는…….”

　식당 아주머니가 뭐라 하든 말든, 황씨 할아버지는 아주머니의 호들갑에 아랑곳하지 않고 황구네 가족을 챙겼것다.

　"야, 황구야! 새끼들 데리고 이리 와라잉!"

　황구는 노랑이, 누렁이와 함께 황씨 할아버지 뒤를 따라갔것다. 황씨 할아버지는 국밥 사 인분을 시켰다.

　"일 인분은 나를 주고, 삼 인분은 큰 그릇에 담아서 야들 주쇼!"

　황씨 할아버지가 턱으로 황구네 세 모녀를 가리키자 아주머니는 어이가 없는지 황씨 할아버지를 한참 동안 바라보는구나. 황씨 할아버지는 아주머니의 시선을 못 느끼는 척 식탁 위의 신문을 뒤적이며 딴청을 부렸것다. 사람들은 개 꼬라지 미워서 갈치자반 안 사고 뼈 남길 것 없는 낙지 사다 먹는다고 했것다. 그러나 황씨 할아버지는 그러지 않았다. 먹는 것에 있어서만큼은 사람은 물론 개에게도 '노랭이 황씨'가 아니구나.

　국밥이 나왔다. 황씨 할아버지 몫은 당연히 식탁에 놓였다. 숟가락과 젓가락에다 김치며 깍두기 같은 반찬도 같이 놔 주었다. 그런데 황구네 세 모녀가 먹을 국밥은 세숫대야 같은 커다란 양푼 하나에 한꺼번에 담겨 나왔으니. 숟가락, 젓가락은 물론 김치 같은 반찬도 따로 주지 않았다. 황구네 세 모녀는 그런 건 아무래도 상관없었다. 황씨 할아버지가 자신들에게 약속을 지키는 것이 좋았고, 자신들을 데리고 당당히 사람 식당에 와서 음식을 사 주는 것이 좋았거든.

"어서 묵어라잉."

황씨 할아버지가 식탁 아래에서 뜨거운 국밥을 들여다보고만 있는 황구네 세 모녀한테 다정하게 말하는구나. 황구는 국밥에 입을 살짝 갖다 대며 후후 불었것다. 마침내 적당히 식자, 자신이 한 입 먹은 뒤 노랑이와 누렁이에게 먹으라고 했지.

"자, 그냥 묵지 말고 할아부지헌티 고맙다고 꼬리라도 한 번 치고 묵어라."

노랑이와 누렁이가 황씨 할아버지를 향해 꼬리를 흔들었것다. 황씨 할아버지가 얼굴 가득 미소를 짓네.

"알았은께 어서 묵어라잉! 시장허겄다."

아주머니는 어이가 없는지 황씨 할아버지를 보다가 황구네 세 모녀를 보다가 했것다. 황씨 할아버지가 아주머니 시선을 의식하고선 한마디 했지.

"밥 묵을 때는 개도 안 건든답디다. 잘 먹었다고 인사하니라 꼬리 치는 것 잠 보쇼. 야들이 국밥 묵는 것 참말로 이쁘지라잉?"

아주머니는 '흥!' 하고 콧방귀를 뀌고는 주방으로 들어갔것다.

"어무니, 저 아주머니가 시방 우릴 개 무시하는 거잖아요!"

노랑이가 우거지상이 되어 황구를 쳐다보네.

황구가 태연히 대답하였지.

"우리도 같이 개 무시하믄 되제. 황씨 할아버지도 아주머니 말 개 무시해 불잖어. 신경 쓰지 말고 밥이나 묵어라잉."

국밥 맛을 보니 평소에 먹던 시래기 된장국하곤 맛이 완전히 달랐것다. 황구가 허겁지겁 국밥을 먹는 노랑이와 누렁이를 보고 황씨 할아버지처럼 다정하게 말하는구나.

"맛있쟈? 묵은 죄는 읎단다. 달게 묵어라잉."

노랑이가 대답했것다.

"응, 개 맛있어!"

누렁이도 질세라 한마디 거들었으니.

"애기 똥도 맛있었는디, 이것도 진짜 맛나네!"

노랑이와 누렁이는 정신없이 한참을 먹고 난 뒤 뒤로 물러났다. 그제야 황구가 국밥 그릇에 입을 다시 댔것다.

"음식 냄기지 말고 바닥까정 싹싹 핥아 묵어 부러라잉."

사실 남기고 자시고 할 것도 없었것다. 개가 핥은 밥주발 같고 죽사발 같다더니 딱 그 짝이었으니. 노랑이와 누렁이가 워낙 알뜰히 핥아 먹어서 설거지할 필요도 없을 것 같았다.

황구는 약간 부족함을 느꼈지만 그런 대로 흡족했것다.

'더 묵고 싶다 할 때 숟구락 놓는 것이 황씨 집 가훈이잖여.'

개는 본디 밥통을 다 채우지 않는 법. 노랑이와 누렁이는 아직 어려서 그렇게 잘 되지 않는 모양이었다. 기회 있을 때마다 그 부분도 가르쳐야 할 것이다. 진도개가 진도개다우려면 먹는 것부터 절제해야 하느니. 황구는 국밥 그릇을 깨끗이 핥아 먹으면서 생각했다. 개로 잘 살기 위해선 알고 실천해야 할 일이 참 많구나…….

황씨 할아버지가 황구네 세 모녀가 깨끗이 핥은 국밥 그릇을 보고 빙그레 웃었것다.

"햐! 꼭 절간 중님들이 공양 바루 문질러 닦듯이 했구만! 근디 개가 약과 먹댔기 헌다는 말이 있는디, 설마 맛도 모름시롱 꿀꺽 삼켜 분 건 아니것제?"

황구가 고개를 가로저었것다.

황씨 할아버지는 기분이 좋은지 아주머니를 불러 막걸리를 시켰다.

"황구야, 니도 인자 늙어 가는디, 나랑 그냥 한잔 헐라냐?"

혼자 막걸리 잔을 비우기가 머쓱했는지 황씨 할아버지가 황구에게 잔을 내밀었것다. 하지만 황구는 아직까지 술을 제대로 먹어 본 일이 없었으니. 황씨 할아버지 며느리가 샘가에서 막걸리를 거르고 난 술지게미를 가끔 개 밥그릇에 털어

넣어 주기는 했지만 양이 많지 않았다. 술지게미 양이 많을 땐 돼지 죽통에 쏟아부어 주었것다. 돼지는 술지게미를 먹고 취해서 시끄럽게 '꿀꿀' 소리를 내기도 했지만.

황구는 고개를 저었다. 굳이 막걸리까지 마시지 않아도 취하는 것 같아서였으니. 그런데 황씨 할아버지가 막걸리를 권하면서 '니도 인자 늙어 가는디…….'라고 한 게 목에 생선 가시 걸리듯이 가슴에 꽉 걸렸것다. 이제 늙어 가는구나…….

황씨 할아버지는 기분이 좋은지 막걸리를 한 통 더 시켜서 마셨것다. 국밥에 막걸리까지 다 마시고 나서야 황씨 할아버지는 자리에서 일어나네. 황씨 할아버지가 음식값을 치르고 식당 문을 나서자 식당 주인 아주머니가 소금을 뿌리며 중얼거렸것다.

"훠이! 재수가 읎을란께 개 새끼 손님이 다 들다니! 에잇, 재수 읎는 영감탱이 같으니라고. 개 달고 댕기믄서 무슨 개수작이다냐!"

그러든 말든 황씨 할아버지는 기분이 좋아 콧노래까지 부르며 손수레를 끌 준비를 했것다.

"니들 여그 탈래?"

황씨 할아버지가 황구네 세 모녀에게 빈 손수레에 탈 것을 권하는구나. 황구는 고개를 저었것다. 그래도 개 체면이 있지, 하는 마음에서였것다. 하지만 황씨 할아버지 말이 떨어지기가 무섭게 노랑이와 누렁이는 손수레에 올랐것다. 역시 애들은 애들이야, 하고 황구는 생각했지.

황씨 할아버지는 집으로 돌아가기 위해 장마당을 가로질렀다. 벌써 파장인지 장꾼들도 많이 오가지 않고 공산품을 싣고 온 외지 장사치들도 짐을 거두며 정리를 하고 있었다.

어디서 하얀 수캐 한 마리가 황구 뒤를 졸졸 따라오며 자꾸만 엉덩이 쪽의 사타구니에 코를 갖다 대고 쿵쿵거렸다.

"너 시방 뭣 허냐?"

수캐가 태연히 대답했다.

"니 암내 냈는가 볼라고……."

"나, 그런 일 읎은께 딴 디 가서 알아봐라잉. 어디서 뜬금 읎이 나타나서 개놈처럼 굴긴……."

황구는 뒷발질로 수캐를 쫓아 버렸것다.

누렁이 형제들을 낳고 난 뒤엔 몸에 변화가 많이 생겼다. 젖을 떼고도 한참이 지났는데 전혀 새로운 욕구가 일지 않는 것이었다. 다시는 새끼를 밸 일이 없어진 것이로다. 늙어 버린 것이로다……. 황씨 할아버지가 막걸리 잔을 내밀며 한 말이 다시 떠올랐다.

'니도 인자 늙어 가는디…….'

황구는 자신의 나이를 생각하면 서러운 생각이 잠시 들기도 했지만, 그간 좋은 사람 집에서 살게 되어 얼마나 다행이 있는지 모른다고 스스로를 위로했다. 더구나 오늘은 장에 와서 사람처럼 외식까지 하지 않았는가. 이만하면 주인 잘 만난 것이로다. 쥐 잘 잡은 대가라 하지만, 진도개가 쥐 잡는 거야 타고난 본분 아니던가. 그냥 본분에 충실했을 뿐인데 밥까지 사 주다니. 어쨌든 주인을 잘 만나긴 만난 모양이로다.

장터를 빠져나올 때쯤 빈터에 개 두 마리가 혀를 길게 빼문 채 엉덩이를 맞대고선 낑낑거리고 있었것다. 한 마리는 아까 황구 뒤를 따라와 엉덩이에 고개를 들이밀며 암내 맡던 수캐였으니.

손수레에 만들어 놓은 널판 난간을 딛고서 손수레 밖으로 고개를 내밀고 있던 노랑이가 물었것다.

"어무니, 저것들 시방 뭐 허는 거란가?"

"저것들? 사랑허고 있는 것이제."

"사랑은 저렇게 허는 것이단가?"

"응, 나중에 니들도 저렇게 헐 것이여. 근디 아무 데서나 저러지는 말어라잉. 자칫하믄 개놈 소리 듣는다잉!"

그때 황씨 할아버지가 엉덩이를 접착제로 붙인 듯 꽉 붙어서 흘레하고 있는 개들을 건너다보았것다.

"허, 저것들이 벌건 대낮에 시방 뭐 허고 있는 것이여? 저럴 땐 찬물을 갖다 쏟아 불믄 바로 떨어지는디, 허허!"

물에 빠진 생쥐 꼴 되어

　황구는 흘레하고 있는 개들을 보자 누렁이 형제를 뱄던 때가 떠올라 얼굴이 화끈거렸것다. 사실은 자신도 벌건 대낮에 사랑을 해서 노랑이와 누렁이를 밴 것이다. 남들이 보지 않는 데서 사랑을 나누긴 했지만.

　나른한 오후, 황구가 헛간에서 졸다가 잠을 쫓기 위해 주인집 뒤란에서 서성이고 있는데 어느 개구멍으로 들어왔는지 검정개 한 마리가 들어와 있었다. 윗말에 사는 개인데, 서로 사는 구역이 달라 자주 만난 적은 없는 개였다. 그래도 내 집에 온 손님이라 황구가 먼저 인사를 건넸지.

　"검둥이, 안녕?"

　황구가 인사를 하자 검정개가 반가워했것다.

　"황구야, 잘 지냈어? 근디 내 이름은 흑구여!"

　"흑구나 검둥이나 마찬가지 아녀? 흰 구두나 백구두나, 말린 명태나 북어나 다 같은 거 아녀?"

"달러. 이름은 그냥 고정이여. 너보고 황구라 하제 노랑이라 않듯이 말여."

"개나발 부는 소리 하고 자빠졌네. 암튼 알았은께 유식헌 소리 그만혀라잉. 근디 넘의 집엔 뭣 땜시 왔냐?"

"그냥, 심심혀서……."

"심심허믄 느그 집 장독대에서 간장독이나 찾아 짭조름한 간장이나 핥아 묵으믄 될 것인디, 뭐헌다고 넘의 집까정 왔다냐?"

"사실은, 너 보러 왔제."

"나를 보러 왔다고야?"

"그랴."

"니가 뭔 일로 나를 봐야 되는디? 니가 나를 볼 일이 뭐 있다냐?"

"너는 꼭 말로 해야만 알아묵냐? 니가 새끼를 배고 싶어 헌다는 소문 듣고 왔어. 나도 개여."

"니도 개인 줄은 나도 알어. 근디, 나는 인자 새끼 고만 배고 싶은디……."

"아따, 고것이 어디 니 맘대로만 되간디……."

말을 마친 흑구는 황구 뒤로 가서 사타구니에 머리를 박고 냄새를 맡았것다.

황구가 짐짓 놀라 자빠지는 소리를 냈것다.

"오매, 시방 이것이 뭔 짓이여?"

"뭔 짓이긴……. 니 암내 풍기는 줄 알고 왔어야. 이참에 내 새끼도 쪼깐 낳어 주라잉."

황구는 흑구가 자신의 마음을 알고 온 것처럼 여겨졌것다. 저번에 낳은 새끼들하곤 미처 정도 나누지 못한 채 헤어져야 했다. 새끼를 낳아 젖을 떼자마자 주인집에서 가용에 보태 쓴다고 강아지를 장에 내다 팔아 버렸기 때문에. 그러고 나자 다시는 새끼를 밸 수 없을 것 같았다. 그런데 흑구가 나타나다니! 그동안 흑구랑은 사랑을 나누기는커녕 일부러 만난 적도 없었것다. 노는 데도 다른 데다가 어쩌다 부딪쳐도 그냥 서로 닭 쫓던 개 보듯이 했기 때문이다. 암내 난 청춘 개들은 보자마자 불꽃이 일며 사랑을 나누지만 황구가 그럴 때마다 흑구가 가까이 있지 않아 둘이 사랑을 나눌 기회가 만들어지지 않았으니.

흑구는 윗말 아랫말 통틀어서 한 마리밖에 없는 검정개다. 그래서 흑구는 걸핏하면 핏줄을 의심받아야 했으니.

때때로 다른 개들이 시비를 걸기도 했것다.

"너는 진도 살믄서 왜 검둥이냐?"

흑구는 적극적으로 그런 시비를 받아넘겼것다.

"옛날엔 진도에 검둥이도 많았디야."

흑구는 자신의 족보를 갖다 대기도 했것다. 하지만 아무도 검둥이를 진도개로 생각하지 않았다.

보통 개들은 끝까지 자기 생각을 굽히지 않고 설파했다.

"진도개는 뭐니 뭐니 혀도 흰둥이하고 노랑이제! 허긴 검둥이가 고기 맛은 좋을 것이여. 같은 값이믄 검정소 잡아묵는다는 말도 있잖여. 개도 마찬가지겄지."

사람들뿐만 아니라 개들도 검둥이에 대해선 그렇게 놀려 댔것다. 그 까닭에 흑구는 여태 사랑 한번 나누지 못하였으니. 아, 아까워라, 그 청춘! 흑구 입장에선 사랑을 해야 검정개도 더 태어날 텐데, 이건 애초에 씨를 뿌릴 수도 없으니 자기 혼자만 이상한 진도개 노릇을 해야 했것다. 그래서 때마다 자기가 아는 모든 사실을 되풀이할 수밖에.

"원래 진도엔 황구, 백구, 흑구 다 있었디야. 근디 일정 땐가 언제부터 흑구를 따돌려서 잘 보이지 않게 되었디야."

흑구는 자신이 어쩌다 검은 털을 옷으로 해서 태어났는지 모른다. 물론 자신의 출생의 비밀 따윈 궁금하지 않았것다. 그런데 왜 진도개는 모두 노랑이 아니면 흰둥이인지 모르겠다. 예전엔 늑대 닮은 재구도 있었고, 호랑이 닮은 호구도 있었다는데, 요새는 백구 아니면 황구다. 재구나 호구는 사라진 지 오래고, 검정개 흑구도 보기 힘들다. 흰색, 노란색이 섞이기만 해도 잡종 진도개 취급하는 세상이 되었지 않은가.

흑구는 한편으론 자신이 검정개 계보를 잇는다는 자부심이 들기도 했지만, 다른 개들한테 개 무시를 받으며 따돌림을 당할 땐 속이 무척 상하고 쥐약 먹은 쥐라도 먹고 사라져 버리고 싶기도 했을것.

그런데 사라질 때 사라지더라도 사랑은 한번 해 보고 죽어야 할 것 같았으니. 후손을 남기네 어쩌네 하는 생각이 드는 건 아니었다. 그저 다른 개들 다 하는 사랑이나 한번 해 보고 세상을 떴으면 하는 바람이었다. 이런 말 남세스러워서 드러내고 하기도 거시기 하지만 사실인즉슨 사랑 한번을 못해 본 처지이다. 검은 털 개로 태어난 게 엄청난 죄를 안고 태어난 것과 같았다. 더구나 마을에 자신처럼 검은 털 개가 하나도 없어서 흑구는 아무에게도 이런 속내조차 털어놓을 수 없는 게 더 속상했으니.

흑구는 황씨 할아버지 집 황구가 암내가 나긴 났는데 이젠 늙어서 아무도 가까이하지 않는다는 소문을 들었을것. 황구는 원래 마음 씀씀이가 넉넉하고 경우 없는 짓은 안 하기로 소문난 개였다. 간절한 마음으로 다가간다면 이번 기회에 황구와 사랑을 나눌 수 있을지도 모른다는 생각이 들었을것. 그래서 흑구는 날마다 황씨 할아버지 집을 기웃거리며 황구를 만나기를 소원하였다. 그러다 마침내 뒤란에 있는 개구멍으로 들어와 황구가 나타나기만을 기다리고 있었던 것이었으니. 지성이면 감천이라.

 흑구가 황구의 사타구니에서 머리를 뺀 뒤 황구 등에 올라탔것다. 황구는 자신이 또 강아지를 밸 수 있을지 어쩔지 모르면서도 흑구의 그런 짓이 그다지 싫지는 않아 가만히 있었것다. 이제 본격적으로 사랑을 나눌 채비를 한 것이다. 황구는 다만 환한 햇살이 거슬려 눈살이 찌푸려졌으니.

 "이런 백주 대낮에 으찌께……."

 "그라믄 달 뜨는 밤까정 기다리잔 말이여? 내가 그동안 황구 너랑 사랑 한번 할라고 을매나 기다렸는디……."

 "바보, 그렇게 내가 좋으믄 진작에 말허제 그랬냐. 이웃집 색시 믿고 장가 안 간다는 말이 있더만, 니가 나 믿고 아적 장가도 안 간 거여?"

 "개놈년들이 검다고 날 엔간히 따돌렸어야제. 난 완전히 개밥에 도토리였단께! 그란디 으찌께 장가까정……."

 "난 그런 적 읎는디……. 검둥이 검다고 마음까정 검겄냐고 혔는디……. 숯이 검정 나무라는 짓들 허지 마라 혔는디……. 다른 개들이 니 얘기허믄 고로코롬 말하곤 혔다야……."

 "알았어, 니는 맞는 말만 혔제. 내가 속까정 검은 건 아니잖여. 나는 소문에 니 말 듣고 진작 니 속을 다 알고 있었제. 그래서 나는 니를 좋아혔어! 암튼 여그는 사방이 다 막혀 있어서 아무도 들여다보지 않을 거여. 그란께 아무 걱정 말어라 잉!"

흑구는 황구와 사랑 한번 나누려고 황구 주인집을 몇 번이나 답사하고 황구를 기다린 것이렷다.

흑구가 마침내 황구의 등 위에 올라 붕가붕가를 시작하는데, 야단도 그런 야단이 없었으니.

황구는 흑구의 몸이 생각보다 무거웠지만 털썩 주저앉지는 않고 허리를 굽혀 몸을 낮추었것다. 그렇게 한참 붕가붕가를 하던 흑구가 미끄러져 내려가는가 싶더니 황구와 엉덩이를 마주한 채 오랫동안 있었것다. 둘이 사랑을 마치는 동안에도 햇살만 내리꽂힐 뿐 사람은 물론 쥐 새끼, 개미 새끼 한 마리도 뒤란을 들여다보지 않았으니, 다행이라면 참 다행이었것다.

그렇게 흑구와 사랑을 나눈 두어 달 뒤 강아지들이 태어났다. 그러나 어쩐 일인지 아비 색을 닮은 검둥이 강아지는 다 오래 살지 못하고 어미 색을 닮은 노랑이와 누렁이만 살아남았으니. 아, 이런 게 운명인가.

황구가 혀를 끌끌 찼것다.

"누를 황씨 집안이라 노란 개만 살아남었다냐. 아녀, 흑구 종자가 아무래도 시원찮은 모양이여."

흑구는 황구와 사랑을 나눈 뒤 강아지가 태어나는 걸 보지도 못한 채 죽고 말았으니. 아아, 가혹한 운명이여! 들리는 소문에 따르면 흑구가 오래전부터 병에 걸려 있었다 하기도 하고, 쥐약 먹은 쥐를 먹었다고 하기도 했것다. 그런 거야 어찌 되었든지, 황구는 자식이 태어났어도 좋아할 아비가 없는 게 무척이나 속이 상했것다.

"바보! 지 새끼들 구경도 못 하고, 가 불다니! 그만치도 못 견디고 세상 뜨는 애비가 어디 있댜. 그란께 검둥이가 읎제! 으이구, 개구멍서방 노릇이라도 지대로 하제만……."

황구가 흘레하는 개들을 보며 옛 생각에 빠져 있는 동안 황 씨 할아버지는 취기가 오르는지 흥얼흥얼 노래를 부르며 손수레를 기분 좋게 끌었것다. 노랑이와 누렁이는 손수레 난간을 딛고 서서 고개를 밖으로 내민 채 시원한 바람을 맞으며 즐거워했으니. 지금만 같으면 개 팔자가 상팔자구나. 주인집 할아버지가 끄는 손수레를 다 타다니!

마침내 마을이 보이는 고개까지 왔것다.

"아이고, 힘들다. 여그서 쪼깐 쉬어가자잉!"

황씨 할아버지는 손수레를 멈춘 뒤 고갯마루에 있는 무덤가로 가서 다리를 쭉 펴고 앉았다. 누구 무덤인지는 모르지만, 마을 개들이 늘 사랑을 나누던 양지바르고 한갓진 무덤가였다. 잔디가 곱게 돋아나 있고 바로 길가에 있어 장날이면 마을 사람들도 곧잘 쉬어 가는 자리이기도 했것다.

황씨 할아버지는 주머니에서 담배를 꺼낸 뒤 입에 물고 불을 붙였다.

황구는 노랑이, 누렁이와 함께 길 건너 쪽에 흐르는 도랑으로 가서 물을 먹었다.

황씨 할아버지는 장에 가기 위해 아침부터 서둔 데다가 오가는 길 모두 힘을 다해 손수레를 끌고 막걸리까지 마신 터라 졸음이 쏟아졌다.

"왜 이렇게 졸린다. 늙어서 그런가……. 집에 가서 자야 허는디……."

그러나 쏟아지는 졸음을 도저히 참을 수 없었것다. 황씨 할아버지는 담배를 입에 문 채 그 자리에 푹 쓰러지고 말았으니. 황구가 도랑에서 보니 황씨 할아버지 있는 데서 담배 연기가 피어오르는 게 마치 아지랑이 같았다. 노랑이와 누렁이가 혀를 깔짝대며 물을 다 마시자 황구는 다시 손수레로 돌아왔다.

"니들 둘은 다시 손수레에 타그라. 아님, 집이 얼마 안 남었는디 그냥 걸어서 먼저 갈래? 나는 할아부지랑 천천히 같이 갈 것인께."

그러나 노랑이와 누렁이는 한꺼번에 고개를 저었것다.

"우리도 여그 있다가 같이 갈라요. 손수레 타는 재미가 을매나 좋은디!"

노랑이가 어느 틈에 벌써 손수레에 올라서 하는 말이었다.

황구가 고개를 끄덕이며 맞장구쳐 주었다.

"그래, 그라믄 고렇게 하자. 집에 빨리 가믄 뭐허겄냐."

황구는 누렁이도 손수레에 올라타는 걸 본 뒤 고개를 돌려 황씨 할아버지 쪽을 바라보았다.

"할아부지! 담배 다 태우셨으믄 일어나서 집에 가야지라 잉!"

그러나 황씨 할아버지는 일어날 생각을 안 했것다. 담배 연기는 아직도 나는데, 아지랑이 같은 게 아니라 굴뚝에서 나는 연기 같기도 했것다.

"엥? 뭔 담배 연기가 저렇다냐?"

"어무니, 뭣 땜시 그라요?"

황구가 놀란 소리를 내자 누렁이가 황구를 바라보았것다.

황구가 다급한 소리를 내네.

"할아부지가 이상해!"

"할아부지가요?"

노랑이와 누렁이가 동시에 소리를 질렀것다.

황구는 황씨 할아버지한테 급히 뛰어갔것다. 노랑이와 누렁이도 손수레에서 훌쩍 뛰어내려 황구 뒤를 따랐다.

연기는 황씨 할아버지 옷에서 나고 있었다. 담뱃불이 옮겨 붙은 모양이었다.

"할아부지! 할아부지!"

황구는 황씨 할아버지 몸에 앞발을 얹고서 할아버지를 마구 불러 댔것다. 그러나 황씨 할아버지는 꿈쩍도 하지 않았것다. 황씨 할아버지는 술에 취한 건지 잠에 취한 건지 몸을 전혀 움직이지 않았으니. 황구는 이번엔 연기가 나는 황씨 할아버지의 옷을 마구 물어뜯었다. 그런데도 황씨 할아버지는 일어나지 않았것다. 나무칼로 귀를 베어도 모를 만큼 깊은 잠에 빠져들어 버렸으니, 이를 어쩌나!

그 사이 불은 더 번져 잔디에도 옮겨 붙었다. 황구는 어찌해야 할지를 잠깐 생각했것다. 마을로 뛰어가서 사람을 불러 오는 게 좋겠지만 그러기엔 시간이 너무 촉박했으니. 순식간에 무덤가에 불이 일지도 모른다. 노랑이와 누렁이는 어찌할 바를 몰라 부들부들 떨며 황구를 쳐다보았다. 황구는 순간적으로 결심했다. 자신들이 불을 끄기로 한 것이다.

"아그들아! 저 도랑에 가서 몸에다 물을 묻혀 오그라잉."

노랑이가 뭔 말인가 싶어 황구를 쳐다보았것다.

"몸에다 물을 묻히라고라?"

"응, 그래 갖고 할아부지헌티 비비게."

노랑이와 누렁이는 황구가 이른 대로 도랑으로 뛰어가 물 위에 엎드렸것다. 조금 전까지 혀로 빨아들이던 물이었다. 노랑이와 누렁이는 온몸이 물에 젖어 축축해지자 다시 무덤가로 뛰어갔다.

노랑이가 헐떡거리면서 누렁이한테 한마디 했것다.

"아이고, 개고생이 따로 읎네!"

누렁이가 맞장구를 쳤다.

"잘 묵고 와서 힘 다 빼 부네잉."

황구는 노랑이와 누렁이를 황씨 할아버지 몸 위에서 구르도록 한 뒤, 이번엔 자신이 직접 도랑으로 뛰어갔것다. 황구가 몸에 물을 묻혀 불기운이 막 번지고 있는 잔디 위에서 뒹굴었다. 황구 몸은 잔디의 검은 재가 묻어 금세 시커메졌다. 곧이어 노랑이와 누렁이가 다시 도랑으로 뛰어갔다. 검은 재가 물먹은 털에 붙어 셋 모두 점차 검둥개로 바뀌어 갔으니.

"느이 애비가 봤으믄 좋아라 했겄다!"

"어무니, 무슨 말씸이오?"

"느이 애비가 검둥이 아니었냐!"

셋은 도랑과 무덤가 사이를 죽을힘을 다해 왔다 갔다 했것다. 잔디가 까맣게 탄 자리를 남기고 연기가 잦아들었다. 황씨 할아버지 옷에서도 더 이상 연기가 나지 않았다. 황구네 세 모녀가 혀를 길게 내빼고 숨을 헐떡거렸것다. 황씨 할아버지가 그제야 긴 숨을 내쉬고 기지개를 켜며 잠에서 깨어났으니. 잠 한번 깊이 잔 것이로다.

"잔디가 은제 까맣게 되었다냐? 황구도 검둥이 되아 부렀네!"

황씨 할아버지 곁에서 황구는 계속 헐떡거렸다.

"왜 그랴? 왜 그렇게 숨이 차누? 그라고 왜 새카매져 부렀냐? 엥? 몸은 왜 젖어 있냐? 그라고 본께 셋 다 물에 빠진 생쥐맨치로 젖어 있네!"

황구는 뭐라 할 말이 없었다. 황씨 할아버지가 불에 타지 않고 살아난 것만이 다행이었으니. 황씨 할아버지는 거무튀튀해진 옷을 쓰다듬으며 고개를 갸웃거렸다.

"뭔 일이 있었디야? 내 옷이 검게 타 부렀네! 내가 잠든 새에 불이 나 부렀냐?"

황씨 할아버지는 그제야 무슨 일이 있었는지 알게 되었다.

"오호라! 니들이 나를 살렸구나! 내가 술기운에 담배 피다가 깜빡 잠이 들었던 모양이구나. 고맙다, 고마워."

황씨 할아버지는 황구의 머리를 쓰다듬어 주었다.

황구 몸은 물에 젖어 축축했다. 몸이 떨리고 있었다.

"아이고, 내가 주책이다, 주책! 담배 한 대 꼬실리다가 그만 잠이 들고 말았구나! 니들 아녔으면 바로 황천길 갈 뻔했잖여!"

황씨 할아버지는 노랑이와 누렁이를 품에 꼭 품으며 마구 얼굴을 비벼 댔것다.

"아이고, 이쁜 것들! 춥쟈? 어서 집에 가자잉."

노랑이와 누렁이는 다시 손수레에 올라타고, 황씨 할아버지는 손수레를 끌었다. 그리고 황구는 손수레 뒤를 타박타박 따라갔다.

집에 이르는 대로 황씨 할아버지는 헛간 아궁이에 걸린 가마솥에 물을 붓고 불을 지핀 뒤, 물이 데워지자 황구네 세 모녀를 씻겨 주었다.

"어무니, 따뜻한 물로 목욕헌께 몸이 노골노골혀지는 것 같은디."

노랑이가 몸을 부르르 떨어 털에 묻은 물을 털어 내며 좋아했것다. 누렁이도 목욕 대야에 담긴 따스한 물 기운이 좋아 앞발로 자꾸 물을 튕겼다. 황씨 할아버지 손주들이 헛간으로 들어와 고무신에 물을 담아 노랑이와 누렁이 등에 쏟아부어 주기도 했다.

그날 저녁은 황구네 가족 모두 피곤해서 곳간 보초도 서지 못하고 잠에 곯아떨어지고 말았다.

누렁이가 자면서 잠꼬대를 해 댔다.

"나도 두 발로 설 수 있는디······."

누렁이가 두 발을 허우적댔다. 황구는 오른발로 누렁이의 등을 토닥거려 주었다. 아마도 낮에 장에서 본 옷 장수 개가 두 발로 서서 손님을 부르는 걸 떠올리며 그러는 모양이었으니. 노랑이는 자꾸만 입을 쩝쩝거렸다. 황구도 낮에 먹은 국밥이 떠올랐다. 자신도 모르게 빙그레 웃음이 지어졌다. 아이들 말대로, 국밥이 개 맛있고 짱 맛있었던 것이다. 국밥 잘 먹고 나서 개고생을 좀 하긴 했지만.

개장국이 뭔 말이단가?

　황씨 할아버지는 무덤가에서 담배를 피우다 잠이 든 이후로 급격히 노쇠 현상을 보였것다. 무슨 일을 하다가도 순간적으로 정신을 잃고 자리에 쓰러지거나 까무룩 잠이 들어 가족들을 놀라게 하였것다.

　밥을 먹다가 숟가락을 손에 쥔 채……, 신문을 보다가 돋보기를 코에 걸친 채……, 쇠죽을 끓이기 위해 쇠죽 솥이 걸린 아궁이에 불을 지피려다가 성냥을 손에 쥔 채……. 황씨 할아버지는 늘 위태로운 모습을 보여 주었것다. 마침내 가족들은 물론 마을 사람들도 이런 황씨 할아버지를 걱정하기에 이르렀는데.

　"황씨 할아부지가 기력이 쇠해서 그런 것 아녀?"

　"노인 되믄 다 그렇제……."

　"노인 되야 기력이 쇠헐 땐 뭐니 뭐니 혀도 개장국이 최고라던디! 개고기 한 점이 몰려오는 귀신 천 마리를 쫓는디야."

"누가 그러던가?"

"아, 절에서도 저승사자가 몰려와 다 죽게 된 중님 생기믄 절 아랫마을로 몰래 빼돌려 개장국 멕여서 낫게 하고 그랬디야. 염불보다 개장국이 더 효험 있다는 증거 아녀?"

"쓸데없는 소리!"

"우리 진도에선 개장국을 잘 안 묵잖여, 근디 누가 개장국을 끓여?"

"안 묵긴? 죽은 개를 밭머리에 묻으믄 바로 그날 저녁으로 읎어지는 걸 보믄 개장국 좋아하는 이들이 있긴 있는 모양이던디……."

황씨 할아버지를 두고 마을 사람들은 저마다 처방을 내리는데, 그 가운데에서도 개를 잡아 보신탕을 해 먹이는 게 효과가 빠를 거라는 의견이 가장 그럴싸했으니.

"근디, 개를 잡게 되믄 으떤 개를 잡어야 효과가 좋은 것이여?"

"글씨, 염생이 같으믄 까만 흑염소가 약효가 좋겄지만 개는 모르겄는디. 개도 까만 개가 좋을란가."

"요새 검정개가 있기나 혀야 말이제."

"혹시 검정개가 약발이 좋다고 소문나서 다 읎어져 분 것 아녀?"

"개는 염생이하곤 달러. 내 듣기로 개는 뮈니 뮈니 혀도 살이 뒤룩뒤룩 쪄서 육덕 좋아 보이는 노란 똥개가 최고랴!"
"그런 똥개가 이 바닥에 어딨어?"
"살찐 개가 그런 개지, 진도개라고 다르남."
"맞어, 똥 멕여 키운 개가 살이 올라 육덕 좋은 똥개겄제."
"도야지나 똥 멕여 키우제, 누가 개를 똥 멕여 키우나."
"애기들 있는 집에선 개헌티 똥 멕이잖여."
"그라고 본께 황씨 할아부지네 개가 딱이네!"
"지금 있는 개가 다 노란 개잖여? 마침 손주 애기도 있겄다, 개들이 손주 애기 똥도 먹어 치우겄구만!"
"그라고 황구는 이미 늙어서 강아지 생산도 못헐 것 아녀? 그란께 이참에 그 개 잡아서 황씨 할아부지 보신이나 하믄 쓰겄네."
"그런 생각에 강아지를 팔지도 않고 같이 키우고 있는 것 아녀?"
"그런 모양이구만. 에미 개는 이런 때 잡아묵을라고."

마을 사람들은 기력 떨어진 황씨 할아버지를 걱정하다 못해 감 놔라 배 놔라 하다가 마침내 황구를 잡아야 한다는 결정까지 내리고 말았것다.

황구는 마을 사람들이 이런 결정을 하고 있는지도 모르고 일상으로 돌아가 노랑이, 누렁이와 함께 열심히 쥐 사냥을 했다. 곳간의 쥐뿐만 아니라 집 안에 돌아다니는 쥐는 죄다 잡아 버렸다. 심지어는 시궁창을 뒤지고 다니는 시궁쥐까지 다 잡아 버려, 황씨 할아버지 집에선 쥐 꼬리는커녕 쥐 그림자조차 볼 수 없게 되었으니.

"어무니, 이만허믄 우리 밥값 허고도 남겼제?"

쥐 사냥할 일이 없어지자 노랑이가 황구를 보고 득의만면한 표정으로 물었것다. 그러나 황구는 고개를 젓는구나.

"쥐 잡는 건 진도개믄 누구든지 기본으로 하는 것이여. 그란께 그 정도로 밥값 했다고 젤 일이 아니제."

누렁이가 고개를 갸우뚱하며 눈을 끔벅거렸것다.

"쥐 잡는다고 고양이까정 두 마리 사들였는데 개들 갖고 안 되었잖어유. 우리가 쥐 잘 잡은께 황씨 할아부지가 장에 데리고 가서 밥 사 준 것 아니단가, 어무니?"

황구가 고개를 끄덕였것다.

"그야 맞제만, 진도개는 쥐만 잡어 갖곤 귀염을 못 타! 밥값 지대로 할라믄 노루 정도는 잡어야제!"

"노루라고라!"

노랑이와 누렁이 모두 놀라 한꺼번에 소리를 내질렀것다.

황구가 별것 아니라는 투로 말했다.

"내 젊었을 땐 겨울이믄 노루를 서너 마리씩 잡았제. 그래서 겨우내 집 안에 노루 괴기가 안 떨어졌어. 노루 괴기론 장

조림을 맨들고, 노루 뼈는 우려서 봄내 묵고……."
 노랑이가 영 자신 없다는 태도를 보였것다.
 "노루가 우리보다 덩치도 더 큰데 으쩨게 잡는다요?"
 "덩치는 커도 싸울 줄을 모르니께 우리가 해 볼 만혀. 진짜로 덩치 크고 사나운 멧돼지하고도 맞짱 뜨는 게 진도개인디 노루 정도야……."
 황구는 자신이 더 늙기 전에 자식들에게 노루 잡는 법을 가르쳐 주어야겠다고 생각했것다. 노루 잡는 법을 안 기르쳐 주어도 어른 개가 되면 본능적으로 노루야 잡겠지만, 자칫 망나니 노루 사냥꾼이 될지도 몰라서였으니.
 "실습은 난중에 기회 되믄 허기로 허고, 일단은 좋은 노루 사냥꾼이 되는 법부터 알아 두거라잉."
 "노루 잡는 디에 좋은 사냥꾼, 나쁜 사냥꾼이 어디 있다요? 노루 처지에서 보믄 다 나쁜 사냥꾼이제."
 노랑이가 제법 입바른 소리를 했것다. 누렁이도 고개를 끄덕이네.
 "그려도 안 그래. 이 에미가 일러 주는 대로 허믄 절대 나쁜 사냥꾼이 안 될 것인께 잘 들어 두어라잉."
 황구는 자신이 지키고 있는 좋은 사냥꾼 수칙을 풀어 놓기 시작했것다.
 "일단 새끼 밴 노루를 잡으믄 절대 안 돼야."

"으째서 안 된다요? 새끼 뱄으믄 한꺼번에 여러 마릴 잡는 셈인디, 그라믄 더 좋겄구만. 근디 잡지 말라고라? 난중에 새 끼 낳으믄 한꺼번에 잡게라? 사람들은 돌멩이 하나로 새를 두 마리 잡으믄 좋겄다고 '일석이조'라는 말도 쓴담시롱이라. 그라믄 노루가 새끼 낳는 것 기다렸다가 한꺼번에 싹 잡아 불믄 된다요?"

노랑이가 황구의 말에 어깃장을 놓으며 제법 아는 티를 냈 것다.

황구가 고개를 저었다.

"새끼를 낳아도 바로 잡으믄 안 돼야. 새끼 거느린 노루를 잡으믄 그 새끼는 누가 키운다냐? 그랑께 새끼들 다 클 때까 정 어미를 잡으믄 안 되제."

"새끼도요? 새끼도 잡으믄 안 된다요? 새끼는 잡기가 더 쉬 울 것인디……."

이번엔 누렁이가 의아해했다.

"니들도 어렸을 때 뭔 일 나믄 좋더냐? 다 감당할 수 있을 때 잡아도 잡는 것이제."

누렁이가 고개를 끄덕였다.

황구가 계속 노루 사냥 시 지켜야 할 수칙을 일렀다.

"그라고, 배가 고파 묵을 것 찾느라 마을로 내려와 집 안, 울안으로 들어온 노루도 잡으믄 안 되제."

누렁이가 두 눈을 끔벅거렸다.

"그건 뭣 땜시오?"

"겨울이 되믄 안 그려도 밭에 곡식도 읎고, 산에 열매도 읎는디 눈까정 내리믄 참말로 묵을 것이 읎제. 오죽하믄 마을까정 내려오겄냐. 근께 배고픈 노루는 잡으믄 안 된다 이 말이제. 뭐니 뭐니 혀도 배고픈 설움이 젤로 크거든!"

노랑이가 고개를 갸웃거렸것다.

"어무니 말대로 허믄 노루 사냥은 안 허는 게 상책인 짓 같은디요."

황구가 고개를 끄덕이며 노랑이를 다독거렸다.

"산 생명을 사냥할 시엔 무지하게 조심허란 소리제."

이번에 누렁이가 대꾸했다.

"그라믄 쥐도 산 생명인께 잡으믄 안 되겄는디?"

황구가 누렁이를 지그시 바라보며 대답했다.

"쥐는 백해무익이잖여. 백 가지 해만 있제 이익은 한 가지도 읎다는 말이여."

노랑이가 또 고개를 갸웃거렸다.

"우리헌티요?"

"우리뿐만 아니라 사람헌티도!"

누렁이는 황구 대답이 이해되지 않았것다.

"노루는 풀만 묵고 살아서 짐승들헌티 아무 해도 안 끼친다믄서요? 그란디 뭣 땜시 잡어야 한다유?"

"노루야 우리헌티고 사람헌티고 해 끼치는 건 읎제. 그라제만 자연의 이치가 해 안 끼친다고 가만 둘 수도 읎은께 으쩔 수 없어. 고것이 숨탄것들의 타고난 운명 아니겄냐. 노루도 퍼지는 대로 두믄 밭곡식이 남어나지 않을 것이여. 그라믄 사람헌티도 우리헌티도 좋을 건 읎제⋯⋯, 그케 되믄 밥그릇 다툼이 일 것이여. 먹을 것 갖고 싸우는 건 사람이고 짐승이고 가리지 않고 자연스러운 일이라 으쩔 수 읎어. 숨탄것들은 으쩔 수 읎이 자연의 이치를 따러야 하거든. 고렇게 혀야 자연의 질서도 잡히고⋯⋯. 그라제만 노루를 잡을라치믄 꼭 잡어야 할 때만 잡어야 한다 그 말이제. 그래서 노루 사냥 수칙이 있는 것 아니겄냐!"

황구는 자못 심각해져서 노루 사냥 하는 게 밥그릇 다툼이라고까지 하였겄다. 밥그릇 다툼은 사람들 사이에서고 짐승들 사이에서고 자연스러운 일이라 어쩔 수 없이 해야 하는 일이라고 했겄다. 그렇지만 서로 필요 이상으로 해서는 안 된다고 했다. 말하자면 더 먹고 싶다 할 때 숟가락 놓는 이치이고, 밥통의 삼 분의 이만 채워야지 그 이상 채우면 되레 속이 안 좋은 이치와 같은 것인지도 모른다고도 했겄다.

황구가 먹고사는 것 때문에 노루 사냥질도 하는 것이라고 하자 노랑이와 누렁이도 더는 토를 달지 못하고 말았으니.

"암튼 노루 잡는 일은 쉽지 않어. 그라제만 우리가 알고 있어야 허는 것은 지대로 알어야 혀. 그라고 또 단단히 이를 것이 있는디……."

노랑이와 누렁이가 황구 입을 동시에 쳐다보았것다.

"노루 잡을 때도 쥐 잡을 때허고 똑같이 절대로 입에 대믄 안 돼야."

노랑이가 황구 말에 얼른 대꾸했것다.

"노루도 쥐약같이 노루약 묵는 모양이제? 쥐약 묵은 쥐 묵으믄 개도 죽잖여. 노루도 그런 모양이제?"

"노루는 우리허고 달리 풀만 묵는 짐승이여. 채식만 허다나 으짠다냐. 우린 오만 것 다 묵잖여. 괴기도 묵는 육식 동물인데 풀도 묵는 채식 동물이잖여. 그려도 개는 넘의 살점을 더 좋아하는 짐승이었던 모양이여. 사람들이 말도 안 되는 소리 말라고 할 적엔 '개 풀 뜯어 묵는 소리 하고 자빠졌다'고 하잖여. 우리가 풀을 뜯어 묵는 것이 그렇게 우스운 일인감. 말로는 잡식성이라 하믄서."

노랑이가 볼멘소리를 냈것다.

"잡식성인 건 사람들도 마찬가지 아니다요?"

"그건 그랴. 사람들도 못 묵는 게 읎지. 심지어는 개도 묵는다더란께."

누렁이가 깜짝 놀랐것다.

"사람들이 우릴 묵는다고라?"

황구가 씁쓸한 표정을 지었것다.

"응. 나도 본 적은 없는디 고게 사실인갑서. 사람들끼리 '개 허제?' 그라고 물으믄 개고기 묵냐는 말이라더라고잉. 죽어서 밭머리에 묻힌 개가 묻은 바로 그날 저녁에 읊어지기도 하고…….."

"암튼 사람들헌틴 우리가 입에 맞는 고기로 보인단 말이제? 우린 사람들이 먹는 고기로 안 보이는디……."

"그래서 하늘 아래 머리 검은 짐승들하곤 상대를 말라 혔디야. 머리 검은 짐승이 뭐겄냐? 사람 아니겄냐! 돼지도 검고, 검둥이도 검긴 헌디……."

황구가 한숨을 길게 내쉬었다. 그렇게 말해 놓고 보니 흑구가 떠올랐것다. 노랑이와 누렁이의 아비인 흑구는 머리만이 아니라 온몸이 검었다. 그렇다고 속까지 검은 건 아니었지만. 다만 명줄이 짧아 자식들도 못 보고 세상을 떴을 뿐이렷다. 황구는 흑구랑 벌건 백주 대낮에 뒤란에서 사랑을 나누던 일이 떠올랐것다.

황구가 잠시 흑구 생각에 빠져 있는 사이 노랑이가 흥분해서 소리를 질렀것다.

"개만도 못헌 인간들 같으니라고!"

황구가 앞발을 내저었다.

"그런 말 할 것 읎어. 개만도 못헌 인간들이 어디 한둘이어야 말이제."

갑자기 누렁이가 앞발로 가슴을 쳐 댔다.

"오매, 환장허겄네!"

"그란다고 환장허들 말고. 살아 있는 한 밥값 허믄서 살믄 그만이여. 그란께 노루 잡는 요령도 익혀 두거라잉."

황구는 노루 사냥을 위해 산에 들어가면 일단 노루 냄새를 맡는 게 중요하다고 했다. 바람이 불어오는 쪽을 보고 코를 벌름거리고 있으믄 바람에 실려 오는 노루의 노린내가 어느 순간 잡힌다 했다.

"바람 속에서 노루 냄시를 잡았으믄, 그다음엔 냄시 나는 쪽으로 가 봐야 돼야. 그라믄 노루똥이 분명히 있을 것이여."

노랑이가 코를 찌푸리며 물었것다.

"노루똥이 으찌께 생겼는디요? 우리 개똥하고 비슷허다요, 아님 쇠똥처럼 넓적한 냄비 뚜껑 같단가요? 아님 쥐똥맨치로 까만 콩알 같다요?"

"아니, 개똥하곤 다르게 생겼어야. 쇠똥맨치로 냄비 뚜껑같이 넓적허지도 않고. 쥐똥처럼 쬐깐헌 콩알 같지도 않어. 음, 뭣이냐, 우리들 개로 말헐 것 같으믄 잡식성이라 같은 잡식성인 사람들하고 똥도 비슷하게 생겼어. 우리 똥은 마치 설날에 사람들이 만드는 가래떡맨치로 기다랗고 매끈하잖여.

근디 노루똥은 안 그랴. 노루는 채식성이잖여. 그래서 똥도 우리하곤 다르게 생겼제. 마치 염소똥 같은디, 니들, 염소똥은 봤제? 근디 노루똥은 염소똥보다는 덜 동그랗고 길쭉하다고 혀야제. 으찌 보믄 강낭콩 같기도 혀. 맞어, 까맣고 밤색 나는 강낭콩이여, 노루똥은!"

노랑이가 고개를 절레절레 젓는구나.

"아따, 어무니가 허는 소리는 한나도 못 알아묵겄소. 염소똥이야 봤제만서두, 우리가 은제 강낭콩을 보기나 했겄수? 거그다가 밤도 아직 본 적이 읎는디, 밤색이라 하믄 우리가 뭔 색인지 으찌게 알겄수? 맨날 보는 쥐똥 같으믄 까맣다고 알겄는디……."

"그러냐? 그런 것은 살다 보믄 알게 돼야. 으쨌든 바람 속에서 노루 냄시가 잡히믄 그짝으로 가그라. 그라믄 틀림읎이 노루똥이 근처에 있을 것이다, 그거제."

"노루똥만 발견허믄 노루가 그냥 안겨 오는 모양이지라우? 곳간의 쥐 새끼들이 우리 냄새만 맡아도 지레 넋이 나가는 것맨치로."

황구가 그렇게 묻는 누렁이를 어이없다는 표정으로 바라보았것다.

"노루도 바보가 아닌디, 날 잡아 잡수쇼 허겄냐? 노루똥이 있으믄 고것이 말랑말랑헌가 단단헌가, 따끈헌가 차가운가

부터 살펴봐야제. 똥 상태를 보믄 노루가 근처에 있는가 멀리 갔는가를 알 수 있지 않겄냐."

"아이고, 해골 복잡혀! 이 노랑이는 복잡한 건 딱 질색인디. 으찌께 고렇게 어려운 것까정 다 익혀서 노루 사냥을 허라는 것이여? 나는 개고생 안 하고 잪어! 누렁이 너나 혀라잉!"

누렁이가 고개를 저었것다.

"노루 잡는 일은 순 개고생이구만! 나도 그런 개고생은 안 허고 잪은디……."

황구가 달래듯 말했것다.

"노루 사냥질이 질대로 개고생은 아녀. 노루는 제 방귀 소리에도 놀라듯이 순하고 겁이 많은께, 사냥질이 쉬워. 그란께 그냥 잘 들어 두거라잉. 복잡할 것 읎어. 때 되믄 다 절로 익히게 되는 것이여. 미리 알고 있으믄 시상 살기가 훨씬 수월한께 에미가 해 주는 소리여."

"암튼 고건 그렇고, 노루똥 찾아냈으믄 그다음엔 으찌께 한다요?"

노랑이가 기왕 들은 것 끝까지 얼른 들어 버리겄다는 자세를 취하자, 황구는 노루 사냥법을 마저 일러 주었것다.

"노루는 다리가 우리보다 길어. 그라고 뒷다리가 길쭉혀서 산을 내려갈 때보단 올라갈 때 더 잘 달려. 그 말은 뭔 말이 겄냐?"

눈치 빠른 노랑이가 틈을 주지 않고 대답했것다.

"그란께 어무니 말씸은, 노루를 몰 땐 산 아래서 위로 몰지 말고 산 위에서 아래로 몰라는 말 아녀유?"

누렁이도 고개를 끄덕였다.

"아따! 내 새끼 아니랄까 봬 똑똑하게 알아묵는구만! 그라제, 핵심은 바로 고것이여. 노루를 쫓을 때 산 아래서 위로 쫓으믄 우리가 못 따라간께 반다시 위에서 아래로 쫓으라, 그 말이제. 아이고, 똑똑한 내 새끼!"

황구가 노랑이를 두 발로 꺼안았것다.

"오늘 내가 말한 것 절대로 잊어묵지 말어라잉. 노루 친 막대기 삼 년 우린다는 말도 있제만 내가 헌 말은 노루 사냥 때 꼭 써묵을 수 있는 필수 요령이여. 그란께 두고두고 되새겨서 가심에 심어 두어라잉. 내 죽고 읎어도 노루 사냥 헐 일 있으믄 그때 가서 저절로 다 깨득 날 것인께."

누렁이가 하릴없이 앞발로 땅을 후벼 팠것다.

어느새 뒷산 그림자가 길게 드리워져 마당을 다 덮어씌우고 있었으니.

상복 입은 개

황씨 할아버지의 상태는 점점 더 나빠져 갔것다.

"황소 같던 사람이 으째 갑자기 못쓰게 되아 부렀단가?"

"글씨, 누가 그렇게 갑자기 못쓰게 될 줄 알았겄는가? 다른 사람은 몰라도 황씨 할아부지만큼은 죽을 때까정 항우장사 같을 줄 알았는디……."

"이래서 나이는 못 속인다는 말이 있는갑서."

"그래 봐야 아직 여든도 안 되었는디."

"칠십하고도 절반 넘었으믄 많이 묵은 것이제."

"그런가? 마을 노인들이 엔간허믄 아흔이라……."

"아흔 노인들헌티 비하믄 젊은 축에 들제만."

"장에 갔다 오다 무덤가에서 불나도 모르고 잔 것이 심상치 않았어. 황구 덕분에 살아나긴 했제만."

"그라고 보믄 개가 영물은 영물이여."

"그랄 때 보믄 사람보다 낫제. 그래서 기왕 좋은 일 혔은께 황구가 한 번 더 좋은 일 혔으믄 좋겄구만."

"황구가 으찌께?"

"황구 덕분에 명 이었은께, 황구더러 아주 끝까정 책임지라고 허믄 되제."

"개가 뭔 책임을 져?"

"주인을 두 번 살리게 하는 거제."

"으찌께?"

"황구가 이참에 황씨 할아부지헌티 몸을 아주 내주는 것이여."

"몸을 내주라고?"

"그라제. 몸을 내줘서 개장국이 되믄 되제."

"그려도 으찌께 그래? 들어 본께 황구가 황씨 할아부지 생명의 은인이더만……."

"그란께 끝까정 생명의 은인이 되게 해 주자 이것이여."

마을 사람들은 황씨 할아버지가 살아나려면 황구를 고아 먹어야 된다고들 했것다. 그래서 남의 일에 나서기를 좋아하는 아저씨 하나가 황씨 할아버지의 아들을 만나 적극적으로 황구를 고아 먹일 것을 권했는데.

"자네 아부지가 계속 안 좋으시다믄서?"

"예, 지난 철까정만 혀도 정정허셨는디 갑자기 저렇게……."

"자네 아부지는 오래 묵은 개를 고아 드셔야 기력을 회복하시네. 그려서 허는 말인디, 이참에 황구를 고아 드리믄 으쩌겄는가?"

"황구를요?"

"황구가 인자 나이도 묵을 만큼 묵어서 강아지 생산도 더 못헐 것이네."

"그거야 그라겄지요. 그래서 지난번에 낳은 강아지는 안 팔고 같이 키우고 있습니다만요."

"그래도 황구가 오래 살어서 약발은 좋을 것이여."

"늙은 개가 좋다요?"

"허허, 인삼도 오래된 것이 약발 좋다고 안 허던감?"

"인삼하고 개하곤 좀 다르잖아유."

"다르긴, 다 똑같제. 늙은 개가 약발도 좋은 것이네."

"그래도 키우던 개를 으찌게 고아 묵겄습니까요?"

"약으로 먹는 것인디 으짠단가."

"아무리 그려도……. 더군다나 황구는 아부지를 불길에서 구한 효자 개인디……."

"그란께 마을 사람들은 황구헌티 한 번 더 효도할 기회를 주자고 허더구만."

"아부지 걱정해서 그러시는 말씀은 고마운디, 그려도 저는 황구는 좀 그렇습니다요. 애기들도 황구를 을매나 좋아하는

다요. 우리 집에서 황구는 개가 아니라 가족이나 마찬가지입니다요. 황구가 마지막으로 낳은 새끼들까정요……."

"자네가 그렇게까정 생각하고 있으믄 마을 사람들도 뭐라고 허겠는가만, 다들 걱정이 되어서 허는 소리제."

"잘 알아묵었습니다. 걱정해 주셔서 고맙습니다요. 일단 아부지헌티 말씸은 드려 보기는 하께요."

황구는 자신을 두고 마을 사람들이 이러쿵저러쿵하는지도 몰랐것다. 그저 이참에 노루나 한 마리 잡아서 노루 뼈를 가마솥에 넣고 장작불로 오래오래 고아 황씨 할아버지가 한번 드셨으면 하는 마음뿐이었으니, 그 마음속 누가 알아주리. 황구는 오래 곤 노루 뼈가 노인한테 좋다는 말이 괜히 생긴 말이 아니라는 생각이 들었것다. 그래서 노랑이, 누렁이와 함께 노루 사냥을 나갔으니.

"할아부지 몸이 안 좋은께 이참에 우리가 노루라도 한 마리 잡아서 고아 드시게 하자잉."

황구는 황씨 할아버지가 노루 뼈만 고아 먹으면 금세 자리를 박차고 일어날 것만 같았것다.

"내가 이른 것 잘 기억해야 쓴다잉. 산에 들어가믄 혹시 멧돼지를 만날지도 모르제만 멧돼지는 모른 척혀야 쓴다. 니들이 쪼깐 더 크다믄 멧돼지도 해 볼 만헌디 아직은 그런 디에 힘쓸 필요 없은께."

노랑이가 궁금해했것다.

"멧돼지하고 집도야지하고 많이 다르게 생겼단가?"

"비슷하게 생기긴 했는디 멧돼지가 집도야지보다 주뎅이가 훨씬 길고 어기차게 생겼어. 그란께 맬겁시 건들어서 힘빼지 말고 이참엔 노루만 쫓도록 하자잉."

마침내 황구는 노랑이와 누렁이를 앞세우고 산으로 들어갔것다.

"어무니! 이것 노루똥 같은디?"

노랑이가 쭈그리고 앉아 앞발로 뒤적이는 걸 보니 노루똥이 맞다. 아직 말랑말랑한 것 보니 가까운 곳에 노루가 있을 성싶구나.

"아따, 우리 노랑이가 에미 말 지대로 들었구나. 노루똥 맞다! 아직 물컹헌 것 본께 이 똥 주인이 이 근처 어디에 있을 것 같다야."

황구네 세 모녀는 코를 벌름거리고 귀를 쫑긋 세워 노루의 흔적을 찾았것다.

"저그 노루 간다!"

누렁이가 소리친 뒤, 사납게 컹컹 짖었것다.

"맞다! 노루다!"

황구가 확인을 해 주었다. 황구네 세 모녀는 노루를 쫓았다. 노랑이와 누렁이가 노루 사냥 수칙대로 노루를 산 위에서 아래로 몰아붙였다. 황구는 숨이 차서 두 아이랑 같이 뛰어가지 못했지만. 노랑이와 누렁이는 사냥 본능을 맘껏 발휘해서 노루를 뒤쫓아 거리를 좁혔것다. 황구는 멀리서 소리만 컹컹 내지르며 응원을 했을 뿐. 이윽고 노루와 거리를 바짝 좁힌 노랑이와 누렁이가 거의 동시에 노루를 덮쳤다. 노루는 캥 하는 외마디 소리만 내지른 뒤 고꾸라져 버리는구나. 노루는 고꾸라진 채 뜨거운 숨을 몰아 내쉬며 헐떡거렸것다. 노랑이가 노루의 목을 물어 숨통을 끊어 버렸다. 배운 적도 없는데 그래야 될 것 같았다. 이윽고 노루의 헐떡거림이 멎는구나.

황구가 노루 있는 곳으로 왔다.

"니들은 여그서 노루를 지키고 있어라잉. 난 집에 가서 사람들 데려올 틴께."

황구가 산 아래로 달려갔다. 노랑이와 누렁이는 노루를 지키고 있으면서 황구가 이른 대로 노루에는 절대 입을 대지 않았것다.

집에 간 황구는 마당에 있는 황씨 할아버지의 아들을 보자 열심히 말을 했다. 그러나 아들이 황구 말을 알아듣지 못하는 건 당연지사. 아들 귀엔 황구 말이 그저 '멍멍' 소리로만 들릴 뿐이었으니. 그래서 황구는 할 수 없이 아들의 바짓단을 물고 밖으로 끌어낼 수밖에.

"황구야, 왜 그랴?"

아들은 황구가 끄는 대로 따라갔것다.

"알았다! 산에다 노루 잡아 놓았구나! 노랑이랑 누렁이는 거그 있는 모양이제?"

황구가 고개를 주억거렸다. 아들은 황구 말은 못 알아들었지만 황구가 바짓가랑이를 끄는 걸 보고 단박에 알아차렸것다. 전에 이런 일이 가끔 있어서였다.

아들은 황구가 이끄는 대로 가서 노루를 어깨에 메어 집으로 옮겨 왔것다. 아들은 노루를 해체하여 고기는 고기대로 뼈는 뼈대로 나누어 삶았다. 그런 중에도 마을 사람들은 계속 황구를 고아 먹으면 황씨 할아버지가 자리에서 일어날 것이라고들 했지만.

황씨 할아버지의 아들은 마을 사람들이 걱정해 주는 바를 아버지한테 그대로 전하며, 황구 얘기도 곁들였것다.

황씨 할아버지가 버럭 소리를 질렀다.

"시방 뭔 소리 하고 자빠졌다냐!"

아들은 움찔했것다. 그도 그럴 것이 오래도록 병석에 누워 있던 아버지의 목소리가 아니었으니까. 어디서 그런 기운이 숨어 있다 나오는지 모를 일이렷다.

"넘의 일이라고 쉽게들 말허는 모양인디, 황구가 나보다 더 나어! 황구가 살고 내가 죽어야제, 황구를 죽여 내가 살믄 무슨 소용이여? 황구는 이미 진작 나를 한 번 살렸어. 그란디 나 땜시 죽으라고? 그라고 개 고아 묵으믄 내 병이 낫는다고 누가 그려? 개 묵고 나을 거끈 아무거나 묵어도 나어야제! 암튼 나는 살 만큼 살었은께 이대로 시상 떠나도 미련 읎다! 나는 암시랑토 않은께, 개장국 얘기는 두 번 다시 끄내지 말그라잉!"

황씨 할아버지가 하도 강하게 거부하는 바람에 황구를 고아 먹는 일은 일어나지 않게 되었것다. 그 대신 황구네 세 모녀가 잡은 노루 뼈를 고아 마시게 하였다. 그런데도 황씨 할아버지는 좋아지지 않고 자리보전을 계속했다. 아들은 아버지를 읍내 병원에 모시고 가기도 하고, 한약방 보약도 적지 않게 달여 드시게 했다. 그럼에도 황씨 할아버지는 나아지지 않고, 끝내 세상을 떠 버리고 말았으니. 백약이 소용없고 사람 효성 개 효성 모두 안 통하였던 것이다. 상황이 이렇게 되니 남의 말 하기는 더 쉬운 법. 마을 사람들은 황씨 할아버지가 세상을 뜬 게 마치 황구를 고아 먹지 않은 탓인 것처럼 수군거렸것다.

"거참, 노인네 고집도……. 기력이 쇠헌 디는 웬만한 약 묵어 갖곤 안 돼야. 개를 묵어야제! 그란디 그까짓 개가 뭐 그리 중하다고 그걸 마다하고 끝내 세상을 버렸다냐. 사람은 철들믄서 죽는다는디, 노랭이 황씨 할아부지는 철도 안 나고 지고집에 죽어 부는구만."

"황씨 고집도 알아줘야겄어! 이녁 목숨보다 개를 더 위해 바친 셈이단께!"

"그리 말헐 것 읎어. 그만허믄 살 만큼 사셨제. 황씨 할아부지도 그걸 알고 그냥 고집 부리신 거여."

사람들은 그냥 지나가는 말로 들먹이기도 하고, 괜히 얄밉고 고까워서 험한 말을 뱉기도 했것다. 그런 소리야 어찌 되었든 황씨 할아버지 자식들에게 당장 급한 건 장례 치르는 문제였다. 그냥 여느 집의 노인이 돌아가셨을 때처럼 장례를 치르면 그만이기도 했을 터. 하지만 황씨 할아버지가 귀하게 여겼던 황구네 세 모녀를 어떻게 할 것인가가 문제로 떠오른 것이다.

황씨 할아버지의 아들이 황구네 문제를 제일 먼저 입에 올렸것다.

"아부지가 황구네도 사람 못지않게 중요허게 여기셨는디, 어찌해야 허나?"

며느리가 아들의 속내를 알아보고 대꾸했것다.

"그라믄 상복이라도 입히자는 말씀이시우?"

아들이 고개를 끄덕였것다.

"그래야 될 것 같은디……. 쟈들도 아부지 돌아가신 줄 알믄 무쟈게 슬플 것이여."

며느리도 같은 생각이었으니.

"하긴 쟈들은 사람보다 나은 개니께 아부지 마지막 가시는 길 같이허라고 혀야겄지라우."

그러나 아들은 마을 사람들이 혹시 손가락질이나 하지 않을까 근심이었것다.

"개라고 상복 입지 말라는 뱁은 없겄제만, 동네 사람들이 또 뭐라고 헐지 모르겄구만……."

며느리가 단호히 말했것다.

"넘의 소리 들을 것 없소."

"넘의 소리를 들을 건 아니제만, 황구 잡어 아부지헌티 멕이라고 혔는디 고건 안 허고 장례 때 개헌티 상복 입힌다믄 다 웃겄제."

"그라든 말든 뭔 상관이다요. 어차피 장례 끝나믄 쟈들 신세도 으찌께 될지 모른께 아쉬움 읎이 해 줘 버립시다."

황씨 집 손주들은 장례 끝나면 황구네 신세가 어떻게 될지 모른다는 엄마 말이 걸리지 않는 건 아니었지만, 그 말보다는 아쉬움 없이 해 주자는 말이 더 크게 들려 황구네 가족들에게도 상복을 입히자는 의견을 적극적으로 거들었것다.

"황구랑 노랑이, 누렁이 모다 우리랑 똑같이 상복 입고 있으믄 할아부지도 좋아하실 거구만요."

이런저런 의견이 나오는 가족회의 끝에 황씨네 식구들은

마침내 황구네 가족한테도 상복을 입히기로 결정했것다.
 황씨 할아버지 아들이 식구들 의견을 좇아 이 일을 매듭지었것다.
 "넘의 말 혀 봐야 사흘 안 넘은게 그냥 우리 하고 잪은 대로 하자구! 황구네 세 모녀가 애들 할아부지를 살릴라고 몸에 물 묻혀서 불도 꺼 주었는디 우리가 모른 체하믄 쓰것어. 개만도 못헌 사람이 수두룩한 시상인디, 그만하믄 황구네도 상복 입을 자격이 충분혀. 사람보다 나은 개님이여, 개님!"
 이리하여 마침내 황구네 세 모녀는 황씨 할아버지의 장례식에 공식적인 상주로 참여하게 되었것다. 상복 입은 개를 본 마을 사람들 입도 덩달아 바빠질 수밖에.
 "뭣이여? 개헌티까정 상복을 입힌다고? 내 이 날까정 살다 살다 개헌티 상복 입히는 꼴은 처음 보네!"
 "황씨 할아부지가 개 데꼬 장에 가서 식당에도 같이 갔다는디요, 뭐."
 "허긴 개가 지들 몸에 물 묻혀 불도 끄고 잠든 사람 깨워 살리기도 혔은께 상복 입혀 줄 만도 허것지!"
 "그려도 개헌티까정 상복 입히는 건 쪼깐 거시기 허구만!"
 "개헌티 상복 입히믄 안 된다는 뱁이 있는 것도 아니고……. 개만도 못헌 사람이 많은 시상인디 개가 사람보다 나은 일 혔은께 뭐 숭도 아니네그랴."

"개헌티 상복 입히는 것이 숭은 아니제만 사람 꼴이 인자 뭣이여? 넘사시러워서 참 내!"

"그라믄 자네는 사람 하지 말게!"

"아따 뭔 말을 고로코롬 하시오?"

"그냥 해 본 소리네. 개가 사람보다 나은 짓 헌 게 부끄러워서……."

사람들은 개가 상복을 입으면 안 된다는 법이 있어서가 아니라 사람 체면이 깎이니까 그래서는 안 되는 것으로 받아들이는 것 같았것다.

"내 참, 사람 체면이 있제. 인자 사람이 개만도 못한 취급 받겄구만."

"개는 개답게 다뤄야제, 개를 잡아묵지도 않더니만 아주 사람하고 똑같이 취급을 허는구만! 말세여, 말세!"

그러나 이미 황씨 상갓집에선 황구와 노랑이, 누렁이가 입을 상복을 다 맞추어서 입혔으니 마을 사람들이 왈가왈부한다고 달라질 일이 아니었것다.

막상 황구네 세 모녀가 상복을 입고 상가를 지키자 그 모습을 본 문상객들은 저마다 입에 침이 마르도록 칭찬을 아끼지 않았으니, 사람보다 의젓한 개 모녀들 앞에서 자신들이 한없이 초라해져서 그런 것이리라.

"햐, 사람보다 나은 개가 여그 있네!"

"야들은 상복이 진짜 잘 어울리는구만!"

"우리 집 상 치를 때도 와서 상복 입고 앉아 있어 주믄 좋겄구만."

"그 집에 뭔 상이 나서? 자네가 조만간에 죽기로 혔는가?"

"예끼! 내 죽었을 때 그러라는 것이 아니라, 옛날에 넘의 상가에서 상주들 대신 울어 준 곡비가 있었다더구만. 그 곡비맨치로 상갓집에서 울지는 않제만 개가 상복만 입고 앉아 있어도 모양이 괜찮겄단 말이제."

"그란께 황구네가 상갓집에 출장 가는 거네?"

"말하자믄 고런 것이제."

"허 참, 인자 개가 상갓집에 출장 가서 상주를 대신하는 시상이 곧 올란갑네. 오래 살다 본께 별일을 다 겪게 되는구만!"

"자네가 오래 살긴 을매나 오래 살았어? 인자 겨우 오십 넘은 사람이……."

문상객들은 상복을 입고 차일을 친 상갓집 마당에 앉아 있는 황구네 세 모녀를 보자 저마다 한마디씩 했것다. 신기하기도 하고 어색하기도 했지만, 부럽기도 했으니.

"사람들은 우리가 상복 입은 것이 신기헌 모양인디, 이깟 상복이 무슨 소용이다냐. 할아부지가 우리 가족을 장에 데꼬 가 맛난 것 사 주고 손수레에 태워 준 것 생각하믄 상복보다 더한 걸 입어도 괜찮어. 할아부지 속도 모르고, 장에 가자 헌께 우릴 내다 파는 줄 알고…….”

진도개가 쥐 잡는 건 당연한 일인데도 황씨 할아버지는 황구네 세 모녀가 곳간의 쥐를 소탕하여 아침마다 댓돌 앞에 늘어놓으면 좋아라 했지. 개들이 밥값 했다며 장에 데려가 국밥도 사 주었지. 사람이 개한테 그렇게 신경 써 주기가 어디 쉬운 일인가. 황구는 황씨 할아버지가 장에 가자 하니까 할아버지의 진심은 헤아리지 못하고 그저 자신들을 내다 파는 줄 알고 잠시나마 서운해했던 게 마음에 걸렸으니, 황구의 '개격'이 어느 정도인지 알 만하도다.

"내 맴을 알아주던 할아부지가 인자 가 부렀은께 이내 신세도 으찌 될지 모르겄제. 나는 할아부지 깊은 속도 모르고 맨날 툴툴거리기만 했는디……. 내사 살 만큼 살았은께 은제 죽어도 여한은 읎는디, 나 읎게 되믄 인자 막 개 꼴 갖추어 살기 시작한 노랑이와 누렁이는 으찌게 해야 쓸까나…….”

황구는 황씨 할아버지의 죽음이 예사롭게 느껴지지 않았것다. 황씨 집에 들어와 황구라 이름 불려 가며 개 대접을 받고 산 것도 어쩌면 다 황씨 할아버지 덕이었으리.

상가를 차린 지 이틀이 지나 사흘째가 되어 황씨 할아버지를 장지에 모시는 출상일이 되었것다. 마을 사람들은 집일들일 다 제쳐 두고 일찌감치 상여를 꾸리고, 상여꾼들이 모여 상여 멜 일을 의논했는데.

상여에 매달 울긋불긋한 종이꽃을 보고 한 상여꾼이 너스레를 떨었것다.

"황씨 할아부지 마지막 가는 길이 화려해 부네!"

"아따 그 꼬장꼬장한 노인네가 이거 종이꽃인 줄 알믄 으짠다냐? 마구 떨쳐 냄시롱 이런 것 필요 읎다 하는 것 아녀?"

"죽은 사람, 산 사람 가는 길이 다른디, 뭔 심으로 꼬라지를 부리겄어. 해 주는 디로 얌전히 있겄제."

상여가 다 꾸며지고, 사람들이 메고 온 관이 상여 위에 얹혔다. 발인제도 지내고 이어 거리제까지 다 지내자 마침내 상여가 움직이는구나. 길게 늘어뜨린 흰 무명베 옆에 여자 호상꾼들이 한 사람씩 붙은 모습이 마치 길을 안내하는 것 같았것다. 하긴 길은 길이제, 저승으로 가는 길!

상여가 움직이자 선소리꾼이 앞서 소리를 메기는데, 하직 소리 수월찮이 애달프구나.

하적이야 하적이로구나
극락 가시자고 하적을 허네

하적이야 하적이로구나
세왕산 가시자고 하적을 허네

처자식도 하적하고 일가친척도 하적하고
극락 가시자고 하적을 허네

하적이야 하적이로구나
세왕산 가시자고 하적을 허네

살던 집도 하적하고 동네방네도 하적하고
극락 가시자고 하적을 허네

하적이야 하적이로구나
세왕산 가시자고 하적을 허네

선소리꾼이 하직소리의 선소리를 메기면 상여를 메고 가는 상여꾼들이 뒷소리를 받아 메겼것다. 하직소리의 구슬픈 가락이 상여꾼이나 구경꾼 모두 훌쩍이게 하는구나. 상엿소리를 어느 정도 하고 나자 상여 앞에 가고 있던 꽹과리, 장구, 북, 피리 등을 지닌 사람들이 풍물을 울리며 반주를 하기 시작했으니.

그때였다. 상복을 입고 상여 뒤를 따르던 황구네 세 모녀 가운데 노랑이가 갑자기 상여 앞으로 뛰어나갔것다. 이에 황구가 다급히 노랑이를 부르는데.

"어? 노랑아! 어디 간다냐?"

노랑이는 황구가 부르는 소리에도 아랑곳하지 않고 상여 앞으로 뛰어나가더니 갑자기 풍물패 앞에서 춤을 추기 시작했것다. 상여꾼과 구경꾼의 눈길 모두 노랑이한테 쏠리는 건 당연지사.

"어? 저 개 잠 봐!"
"뭣이여? 시방 개가 춤을 추는 것이여?"
"그라고만. 허, 개 춤도 볼만허구만!"
"말로만 듣던 개다리 춤이구만!"
"햐, 황씨 할아부지 마지막 길에 개가 상복 입은 것도 거시기 헌디 인자 개가 나서서 춤까정 추어 주는구만! 황씨 할아부지는 복인이여, 복인!"

노랑이는 한참을 빙글빙글 돌기도 하고, 뒷발로 서서 깡충거리기도 했것다. 덕분에 상여꾼들은 삼 층으로 된 나무 상여가 무거운 줄도 모르고 발을 맞추어 앞으로 나아갈 수 있었으니.

"오랜만에 상 치르는 걸 굿하드끼 하는 것 보는구만!"
"노랭이 황씨 할아부지가 으짠 일이여! 죽어서 우릴 즐겁게 혀 주는구만! 사람 오래 살고 볼 일이여."

이어 노랑이가 진도 아리랑의 곡조를 흉내 내는구나.

어어어어 어어어어어 어어어어 어어 멍멍멍
(아리아리랑 서리서리랑 아라리가 났네, 응응응)
어어어 멍멍멍 어어어어 어어
(아리랑 응응응 아라리가 났네)

"저 개가 은제 아리랑 타령까지 익혔댜?"
"아침마다 이장이 공지 사항 나발 불기 전에 스피커에다 아리랑 틀어 주잖어. 그때 들었겄제."
"쓰레기차도 아리랑 타령 울리믄서 마을 돌고, 장사치 차들도 마을 들어갈 때 아리랑 타령 틀고선 들어가잖여."
"그려, 그래서 개도 귀에 인이 박혀 아리랑이 절로 나오는가 부네!"

풍물패들이 진도 아리랑의 박자에 맞추어 풍물을 치고, 피리 부는 사람은 진도 아리랑 곡조를 불기 시작했다. 상여꾼들 모두 상여를 내려놓고 덩실덩실 춤을 추었다. 베를 잡고 앞서 가던 호상꾼들 역시 어깨춤을 추기 시작했으니.

굿이, 아니 축제가 따로 없었것다.

사람의 길, 개의 길

 황씨 할아버지 장례를 치르고 나자 당장 황구네 가족의 거취가 중요한 문제로 떠올랐것다. 황씨네 식구들은 마음 같아선 황구네도 계속 같이 한집에 살면 좋겠다고 생각했으나, 한집에 개를 세 마리나 기르기엔 버거웠으니.

 "사람 식구 먹을 것도 딸리는데 개 식구까정 멕여 살릴라믄 솔찬이 힘이 들겠구만……."

 누구보다 먼저 황씨 할아버지의 아들이 먹고살 일을 걱정스러워하였것다. 그도 그럴 것이 아버지가 살아 있을 땐 아버지가 나름대로 가계를 책임졌는데 자신이 가장이 되고 보니 가계를 책임지는 게 결코 만만한 일이 아니었던 것이도다.

 "아이고, 힘들어! 아부지는 으찌께 살림을 꾸리셨던 거야. 미치겄네. 혹시 아부지가 우리 집안 복을 다 가지고 가서 분 것 아녀."

황씨 할아버지의 아들은 사람됨이 착하기는 한데, 부지런하다고는 할 수 없는 인물이었다. 그래서 아내한테도 늘 타박을 듣는 처지였으니.

 아내는 걸핏하면 지청구였다.

 "아이고, 내가 속 터져! 고로코롬 가만히 집 안에 들어앉아 있으믄 어디서 묵을 것이 똑 떨어진다요? 밭이든 논이든 나가서 일을 해야 쓸 것 아니오? 부지런히 쑤시고 댕겨야 장날 내다 팔 것이 맨들어지제!"

 "내다 팔 것이 어디 있다고 맨날 장날 내다 판다고 그런디야?"

 "그랑께 내다 팔 것을 맨들어야제. 그런 소리만 하고 있으믄 입만 아프제 어디서 돈 맨들 것이 저절로 생기는 줄 아시우?"

 황씨 할아버지의 아들과 며느리는 걸핏하면 돈 만들 일로 서로 신경전을 벌였것다. 아들은 도대체 돈 만들 거라곤 없어 보이는데, 며느리는 장날만 되면 나가서 돈 만들어 오라고 성화였으니.

 "내일 또 장인디 그냥 있을라요?"

 "장날이라고 특별한 게 있어야제……."

 "특별한 것 읎으믄 황구라도 데꼬 가 팔고 오쇼!"

 "뭐? 황구를? 으찌께 한 식구를 내다 팔어? 한 식구라서 아부지 보신탕으로도 안 쓴 것 아녀?"

"그거야 그것 묵고 낫는다는 보장이 읎어서 그런 것이제. 그라고 옛날에는 강아지를 잘도 내다 팔았으믄서 지금은 왜 못 판다요?"

"그때야 황구가 바로 새끼를 배 주니께 그랬제. 헌디 인자 늙어 부렀잖여."

"황구 팔 수 읎으믄 노랑이나 누렁이라도 갖다 팔아 불쇼."

"그것들은 황구 대신 키울 것 아녀? 그라고 아부지가 이뻐하던 것들인디 으찌께 내치고 그랴?"

아들과 며느리가 걸핏하면 토닥토닥하자 영감 앞세운 할머니도 불편하고 아이들도 불편했다. 그런데 진짜 불편한 이는 황구네 세 모녀였으니.

노랑이가 눈치가 뻔한 표정을 지었것다.

"어무니, 황씨 할아부지 살아 계실 땐 집안에서 아무 소리 안 났는디, 요새는 불안혀서 못 살 것구만이라."

황구가 고개를 끄덕였다.

"그랴. 나도 시방 맴이 맴이 아니다."

누렁이가 뜻밖의 제안을 했것다.

"우리가 집을 나가 부까요?"

"엥?"

황구가 어이없다는 표정으로 누렁이를 바라보았것다.

누렁이가 또박또박 대답했다.

"가만 본께, 우릴 두고 다투는 것 같단께. 하기사 한집에 개가 시 마리나 있을 필요가 읎제. 그란께 내쫓기기 전에 우리가 먼저 나가 불자 그 말이오."

노랑이가 겁먹은 표정으로 물었것다.

"집 나가믄 어디로 간다냐?"

누렁이가 처연한 눈빛을 하고 맥없는 목소리로 대답하였것다.

"그냥 발길 닿는 대로 떠돌다가 얻어묵게 되믄 얻어묵고, 굶게 되믄 굶고 하는 것이제, 어딜 정해 놓고 가야 하는 건 아니고. 옛날엔 늑대도 산에서 살았담시로? 그냥 늑대맨치로 산에서 살믄 되제. 우리보다 약헌 노루도 산에서 사는디……."

황구가 고개를 젓는구나.

"떠도는 것이 말대로 쉬운 일이 아녀. 우리 개 족속은 이미 얻어묵는 밥에 길들여져 부러서 집 나가서는 못 살어……. 전에도 얘기혔지만 개가 집 나가믄 개고생이여!"

누렁이가 고개를 끄덕였것다.

"그야 나도 알고 있지라우. 헌디 여그 이대로 있다간 말라 죽겄어서 허는 말이지라우."

노랑이가 황구를 물끄러미 쳐다보았것다.

"어무니, 이런 말 나온 김에 나는 이참에 그냥 집을 나가긴 나가야 헐 것 같소."

"그건 또 뭔 소리다냐?"

"저번에 초상 치를 때, 내가 쪼깐 까불었잖유."

"근디?"

"그때 선소리 메기던 소리꾼이 날 보고 이녁 따라 댕기자고 허더만유."

"그건 그냥 혀 본 소리겄제. 니가 노는 것 보구서 말이여."

"그냥 허는 소리가 아니더란께요. 우리 말은 사람이 못 알아묵어도 우린 사람 말을 다 알아듣잖여."

"그렇긴 하제만, 소리꾼이 너헌티 뭐라고 했길래?"

"아, 그 양반 귀신이여, 귀신!"

"뭐가?"

"할아부지 초상 치르고 나믄 집안 시끄러워질 것인께 그땐 이녁헌티 오라고 허더란께요. 영락읎이 맞춰 불었잖아유. 초상난 지 을매나 되았다고 벌써부터 아옹다옹하는지……."

"그야 읎는 집구석에선 싸움 말고 헐 일이 읎다야."

"우리 집이 읎는 집구석은 아니잖유."

"그야 할아부지 살아 있을 때 얘기제. 암만혀도 할아부지가 이 집 복 다 가지고 가 부렸나비여. 할아부지 돌아가시자마자 먹고사네 못 사네 난리잖여."

"그란께 내 입 한나라도 덜어 볼라고……."

노랑이가 자못 심각한 어투로 말하는데도 황구가 입을 다문 채 대답을 하지 않자, 이번엔 누렁이가 뜬금없는 소리를 하는구나.

"그렇다믄 나사말로 이참에 입 하나 덜어야 쓰겄소."

황구가 누렁이를 쳐다보았것다.

"넌 또 으찌께?"

"할아부지랑 장에 갔을 때 옷 장시 하던 양반 있잖아유. 그냥 그 아저씨 따라 댕김시로 옷이나 팔믄서 살아가는 것이 좋을 것 같구만이라……."

황구가 한숨을 푹 내쉬었것다. 이것들이 쌍으로 에미 속을 긁는구나 하는 표정이었으니.

"느그들 다 갈 디로 가 불믄 나는 어디로 간다냐!"

"어무니야 이 집에 계속 살아도 누가 뭐라고 하겄소. 곳간의 쥐나 잡음시롱 그냥 여그 있으믄 되제."

황구네 세 모녀는 저마다 근심 속에서 그날 밤을 보냈것다. 곳간에 쥐가 들고 나는가만 겨우 살피는 것으로 밥값을 하고 헛간에서 조용히 지냈으니. 이만하면 개들 눈치도 사람 눈치 못지않다 할 것이로다.

황구는 노랑이와 누렁이가 잠든 틈을 타 황씨 할아버지가 누워 있는 산소에 갔다.

"할아부지, 우리 식구 땜시 집안이 쪼깐 시끄럽소. 할아부지가 계실 적엔 조용했는디……. 아무려도 노랑이허고 누렁이는 집을 떠나야 헐 것 같으요. 으짜겄소, 개 팔자가 본디 그런 것인 줄 알어야제……. 할아부지는 내 속 알지라우…….."

황구는 황씨 할아버지 산소에서 밤을 새우고 동이 트기 전 새벽녘에야 집으로 돌아왔다.

아침부터 헛간 밖이 시끄러웠것다.

"어이, 황씨 있는가!"

주인 아들을 찾는 거로다. 황구네 세 모녀는 귀를 쫑긋하고 헛간 밖의 동정을 챙겨 본다. 어디서 들어 본, 귀에 익은 목소리라서 그러는 것이다.

"아이고, 어르신. 아침부터 으짠 일이십니까?"

아들이 손님을 반갑게 맞는구나.

"다른 일이 아니고, 자네 집 노랑이 나헌티 파시게."

황구와 누렁이가 눈을 커다랗게 뜨고 노랑이를 바라보았다. 그러고 보니 황씨 할아버지 초상 치를 때 상여 앞에서 선소리를 메기던 소리꾼 아저씨렷다.

"노랑이라믄……. 우리 집 개는 다 노란 털을 가져서……."

아들이 더듬거리자, 소리꾼 아저씨가 대뜸 들이댔것다.

"아, 있잖은가. 저번에 자네 춘부장 돌아가셔서 초상 치를 때 상여 앞에서 춤도 추고 노래도 부르던 개 말이여. 초상집에 선소리하러 갈 때 나랑 짝으로 같이 댕기믄 좋겄더라고!"

"아, 그 노랑이요."

아들이 알아들었다는 소리를 내자 어느새 며느리가 나와 끼어들었으니, 이제 바야흐로 흥정이 시작되는 것이로다.

"마침 잘됐구만요. 글안혀도 이번 읍 장날 강아지를 갖다 팔려고 했는디……."

황구와 노랑이, 누렁이는 말을 잊은 채 서로 얼굴만 바라보았것다. 말이 씨가 되었는지, 누가 개들의 말을 엿들었는지 모르지만, 아무튼 그렇게 해서 노랑이는 새 주인을 따라 황씨 집을 떠나야 했으니. 개의 운명, 그야말로 주인 운명과 같이 가는 모양이로다.

노랑이가 소리꾼을 따라가자 황구는 마음이 착잡해졌것다. 돌아보니 황씨 집에 들어와 강아지를 여러 배 낳아 가계 살림에 적지 않게 도움을 주었다. 때마다 젖 떨어질 때면 강아지들이 팔려 나갔지만 한 번도 이런 기분은 아니었다. 그런데 이번엔 왜 이런지 모르겠다. 아마도 다시는 강아지를 밸 수 없을 정도로 늙었다는 것과 개 식구를 예뻐해 주던 황씨 할아버지가 없어서 그런 것 같을 뿐. 마을 사람들은 노랭이 황씨라고 했지만 황구네 가족한테는 그렇지 않았으니.

누렁이도 이번 장날엔 새 주인을 만날 것이다. 황구는 여러 감정이 교차했다. 그도 그럴 것이, 애들하곤 죽을 때까지 같이 살 줄 알았기에. 애들은 젖 떨어지고 거의 어른 개가 될 만큼 컸는데도 한집에서 같이 지냈다. 그래서 오래도록 같이 살 줄 알았던 것이다. 더구나 황구가 이제 새끼를 밸 능력이 없어 강아지 두 마리 정도는 같이 키우는 것도 당연하게 여겨졌다.

그러나 운명은 한 치 앞도 알 수 없었으니. 황씨 할아버지가 갑자기 세상을 뜰 줄 누가 알았는가.

하긴 황씨 할아버지가 장에 갔다가 무덤가에서 담뱃불이 주변을 다 태워도 모르고 잠이 들 줄 누가 알았는가. 아, 그리고 황씨 할아버지가 장에 가서 처음이자 마지막으로 국밥을 사 주면서 추억을 안겨 줄 줄 누가 알았는가.

읍 장날이 되었다. 황구가 예상했던 대로 며느리가 아침부터 누렁이를 불러 댔것다.

"누렁아! 어디 있냐. 장에 가자! 니도 클 만큼 컸은께 인자 밥값 해야 안 쓰겄냐."

황씨 할아버지는 쥐 잡는 것만으로도 개가 밥값 하는 것이라며 국밥을 사 주었지. 그런데 며느리는 밥값 해야 한다며 개를 내다 팔려 하는구나. 이를테면 그간 먹은 밥값으로 몸을 내놓으라는 것이로다. 이래서 사람은 헌 사람이 좋고 옷은 새 옷이 좋다고 했는지 모르는 법. 그러고 보니 헌 사람 황씨 할아버지 초상 치를 때 입은 상복도 새 옷이었다. 황씨 할아버지 덕분에 처음 입어 본 상복이 어울리긴 했지.

누렁이가 자리에서 일어나 앉았것다.

"어무니, 인자 보믄 또 은제 본다요……."

"글씨다……. 인자 너까정 가 불믄 나는 뭔 재미로 산다냐. 살아서 다시 볼 수 있을지 그것도 모르는디."

"어무니, 고런 말씸 당최 허들 마쇼. 내가 어디로 팔려 가든 꼭 어무니를 다시 찾아올 것인께, 그때까정 몸 간수만 잘함 시롱 계시쇼."

"말만으로도 고맙다만, 내가 인자 늙어서 너를 만나 보고 죽을 수 있을란가 모르겄다. 이대로 한집에서 명 다힐 때까정 같이 사는 줄 알았는디……."

"아따, 맘 약해지는 소리 허지 말란께요."

"알었다, 알었어. 알어묵었은께 얼른 나가 보자잉."

황구는 누렁이를 품에 꼭 껴안았다. 누렁이 눈에 눈물이 그렁그렁 고였다.

며느리는 누렁이를 부르다 못해 아예 헛간으로 들어왔다. 황구와 누렁이가 헤어지기 싫어 서로 껴안고 있는 걸 보자 며느리도 애써 고개를 돌렸것다. 사람 이별만 아니라 개 이별도 못 봐 주겠구나! 그래서 며느리는 한마디 보태 보는데.

"누렁아, 웬만허믄 황구랑 집에서 같이 살믄 좋겄는디 집안 사정이 고렇게 안 된께 나도 으짤 수 읎구나. 니가 이해허고 어서 가자. 장꾼들 많을 때 가야 좋은 주인도 만날 수 있제. 알었제? 얼른 나와라잉."

이해를 하든 못 하든 어차피 갈 운명이라, 누렁이는 황구 품에서 몸을 빼 헛간 문밖으로 나왔것다. 황구가 누렁이 뒤를 기운 없이 따라 나왔다. 누렁이가 황구를 말렸것다.

"어무니는 그냥 집에 있제……."

"아녀, 너 가는 것 보고 잪어."

황구는 누렁이와 함께 며느리 뒤를 따라서 집 밖으로 나갔것다.

마을을 벗어나며 사람들을 만났지만 누구도 누렁이한테는 관심을 두지 않았다. 며느리랑 인사를 나누면서도 누렁이에 대해선 묻지 않은 것이다. 마을을 벗어나 고갯길에 이르자 황씨 할아버지가 쉬던 무덤가가 나왔다. 잔디가 불탔던 흔적은 하나도 없었다. 그새 새순이 났다가 다시 시들 만큼 계절이 몇 번 바뀐 것이로다. 누렁이는 몸에 물을 묻혀 불을 끄고 황씨 할아버지를 깨우던 생각이 떠올라 잠시 숙연한 마음이 들었다.

장으로 가는 길을 터벅터벅 걷다 보니 황씨 할아버지가 끄는 손수레를 타고 장에서 돌아오던 기억이 새로웠것다. 그때만 해도 이런 날이 있으리라곤 생각조차 하지 못했건만. 그저 밥값 대신 맛있게 먹은 국밥과 손수레 난간을 딛고 서 있을 때 얼굴을 기분 좋게 훑고 가는 바람만이 좋았을 뿐. 그런데 지금은 몸을 팔러 가는 길! 그땐 밥값으로 되레 국밥을 얻어먹었는데, 이젠 밥값을 하기 위해 몸을 팔아야 한다니.

장엔 장꾼들이 많았다. 예전 모습대로 집에서 기른 푸성귀 따위를 들고 나와 파는 할머니도 있고, 강아지를 품고 나온 할아버지도 있고, 멀리 바닷가에서 잡은 갯것을 광주리에 이고 와 파는 아주머니도 있었것다.

"누렁아, 이리 와라잉. 저리 가 보자잉."

며느리가 누렁이를 불렀다. 강아지들이 잔뜩 고물거리는 곳으로 가자는 얘기였다. 누렁이는 며느리를 따라갔다.

"어?"

누렁이가 놀라며 발길을 멈춘 곳은 옷 전 앞이었다. 예전에 본 적이 있는, 옷을 파는 개를 또 만났기 때문이다. 그 개는 예전의 모습 그대로였다. 누렁이는 사람의 글자를 몰라 목에 매단 게 무슨 글씨인지는 잘 몰랐다. 하지만 옷 가격표이리라. 울긋불긋한 옷으로 감싼 몸통에도 온통 삐뚤빼뚤한 글씨가 쓰여 있었다. 그 개는 뒷다리로 서기도 하고, 빙 돌기도 하고, 춤을 추기도 했것다. 누렁이는 그 개가 부리는 재주를 보고 있었다. 어차피 팔려 갈 거면 저런 데로 가서 옷 장사를 하는 것도 괜찮을 것 같았으니. 그런 누렁이 마음을 옷 장수 아저씨가 읽기라도 했는지 가까이 다가오더니 빙그레 웃었것다.

"왜? 너도 이 개처럼 할 수 있겠냐?"

그때 며느리가 돌아보았다. 누렁이와 눈이 마주친 며느리가 옷 장수 아저씨 있는 데로 발걸음을 했다.

"오매, 저 개는 옷을 입고 있구만이라잉."

옷 장수 아저씨가 씩 웃으며 대답했다.

"예, 옷 파는 개입니다."

"개가 옷을 팔아요? 그래서 옷을 입고 있다요?"

"옷을 팔려면 아무래도 개도 옷을 잘 입어야지요."

"우리 개도 옷맵시가 아주 없지는 않은디, 비록 상복을 입긴 혔지만······."

"개가 상복을 입어요?"

"예, 우리 시아부지 돌아가셨을 때 야도 상주 노릇을 톡톡히 했지라."

"그래요? 상복 입었다는 개가 바로 이 개요?"

"아저씨도 소문 들었는갑소? 이 개허고 이 개 형제, 그라고 이 개 에미가 같이 상복을 입었지라."

"허허, 개가 상복 입었다는 소문은 들었지만 이렇게 직접 만날 줄은 몰랐네요. 아주머니, 혹시 그 개 나한테 안 팔겠소?"

"글안혀도 팔라고 데리고 나왔지라. 시아부지가 세상 뜨고

난께 개를 간수할 사람이 읎어서……. 어미 개만 두고 새끼 개는 그냥 팔기로 마음묵고 장에 나와 봤지라……."

 며느리는 어느새 청산유수로 흥정을 잘하는 개장수가 되었것다. 누렁이 몸값은 금세 결정이 나고 옷 장수 아저씨를 새 주인으로 맞이하게 되었으니. 개 팔자, 참 모를 일이로다.

 옷 장수 아저씨는 예전에 황씨 할아버지랑 같이 장에 와서 옷 전을 구경할 때 '개들은 가라!'며 윽박지르던 일은 기억하지 못하는 것 같았다. 누렁이 몸값을 흥정하는 동안 한 번도 예전 일이나 황씨 할아버지를 들먹이지 않았으니.

 누렁이가 황구를 쳐다보았것다.

 "어무니, 나 팔린 것이여?"

 "응, 인자 저 옷 장수가 새 주인이제……."

 며느리가 장터를 한 바퀴 돌며 장을 보고 다시 옷 전으로 돌아올 때까지 황구는 누렁이와 함께 있었것다. 누렁이가 막상 팔리고 나자 자꾸만 마음 약한 소리를 했기 때문에.

 며느리가 돌아와 옷 전을 떠나기 전, 황구는 누렁이를 마지막으로 안아 주며 말했것다.

 "고향 떠나믄 사람도 천해진단다. 어딜 가든 밥 굶지 말고 뭐든 잘 먹어서 몸 무병하게 잘 간수하거라잉. 몸만 건강하믄 개 살 곳은 골골이 있을 것인께."

 장이 파하자 누렁이는 옷 장수 아저씨의 차에 탄 뒤 진도를 벗어났다. 멀리 서울까지 가는 모양이었다. 황씨 할아버지의 손수레를 타고 집으로 갈 때와는 기분이 달랐다. 그때는 흥얼흥얼 노래가 나왔었지. 하지만 지금은 불안하구나. 어떤 세상으로 들어가는지 알 수 없다. 그리고 황구도 노랑이도 곁에 없으니.

옷 장수 아저씨가 서울로 가는 건 거기 옷 도매상에 가서 옷도 보충하고 누렁이를 훈련시키기 위해서였다. 누렁이는 바로 데리고 다녀도 옷을 팔 수 있을 것 같았다. 이미 상복을 입어 본 경험이 있는 개라 옷 입는 게 그다지 낯설지 않은 것이다. 그러나 옷 장수 아저씨는 그렇게 하지 않았으니. 누렁이를 서울 집에 데려가 나름대로 옷 전에서 호객 행위를 할 수 있는 묘기를 가르치고자 하였것다.

서울로 가는 짐칸에서 누렁이는 몇 번이나 뛰어내릴까 하는 생각을 했것다.

"너 무슨 생각을 그렇게 하는 거냐?"

옷 장수 아저씨가 길남이라고 부르는, 옷 전의 판매원 개가 이런 누렁이에게 말을 먼저 걸어왔것다. 누렁이가 시큰둥하게 대답했것다.

"몸 팔려 가는 기분이 썩 좋지는 않구만……."

"그렇게 생각할 것 없어. 그냥 먹고살려고 밥값 하는 일이라 생각하면 돼. 사람이고 개고 그냥 운명대로 사는 법이야.

우리 운명은 이런 것이야."

"나가 그런 것 모르는 바는 아니제만, 고향 산천 다 두고 물 설고 산 설고 사람 선 곳으로 갈란게 맴이 싱숭생숭혀."

"싱숭생숭할 것 뭐 있냐. 이래도 한세상 저래도 한세상인 걸. 인연 따라 바람 치는 대로 사는 것이지. 너랑 나랑 다시 만난 것도 인연이고, 운명이고, 팔자잖아……."

"너, 나 알어?"

"예전에 개 세 마리가 그야말로 개 떼처럼 몰려와 나 구경하다가 아저씨한테 '개들은 가라!' 하고 호통 맞고 쫓겨 간 적 있잖아."

"야는, 별걸 다 기억하고 있네……."

"그때 니들이 부러웠거든. 늙은 개 말고 어린 니들……."

"우리 어무니헌티 늙은 개라고 허지 말어. 그렇게 말허지 마라잉."

"그래, 미안. 암튼 그때부터 니가 다시 나타나길 얼마나 바랐는데. 진도 장에 갈 적마다 혹시 니가 장에 나타나 돌아다니나 늘 마음 쓰며 둘러보곤 했지."

"뭣 땜시?"

"너를 보자마자 첫눈에 반했거든!"

"웃겨."

개 학교

누렁이는 길남이와 시답지 않은 이야기를 나누다 보니 긴장이 조금씩 풀리는 것 같았것다. 그러나 진도에서 멀어져 갈수록 낯선 서울에 대한 두려움이 같이 커졌으니. 그래서 차가 휴게소에 멈출 땐 갈등도 많이 했것다.

'지금이라도 뛰어내려 부러?'

그러나 아무리 둘러보아도 천지 분간을 할 수 없는 곳이라 뛰어내려 봤자 고향을 어찌 찾아갈지 그것도 문제였으니. 그리고 고향을 찾아간들 무슨 수가 있는 것도 아니었다. 그새 어머니가 그립고, 노랑이가 보고 싶다. 다시 돌아가고 싶다!

'아, 옛날 육이오 전쟁 땐 삼팔선까지 갔던 개가 다시 진도를 찾아오기도 했다던디……. 진도 대교 놔지기 전엔 바다를 헤엄쳐 온 개도 있었고……. 그냥 도망쳐 불까?'

누렁이가 속으로 이런저런 고민을 하며 재고 있자 길남이가 물끄러미 쳐다보았것다.

"누렁이 너, 무슨 고민을 그렇게 하고 있냐?"

누렁이는 짐짓 아무렇지도 않은 척했것다.

"그냥 개 고민 쪼깐 했어."

"개 고민?"

"별 고민 아니라는 말이여."

"아닌 것 같은데. 너 다시 고향으로 도망가고 싶어 그런 거지?"

길남이가 누렁이의 속을 꿰뚫듯이 쏘아보았것다.

"아녀. 고향에 가 보아야 뭐허냐? 아무리 쥐 잘 잡어도 눈칫밥이나 묵는데……. 옷 잘 팔믄 눈칫밥은 안 묵을 것 아녀."

누렁이는 말은 그렇게 했지만 벌써 그런 것이 다 그리웠다. 쥐 사냥질, 노루 사냥……. 노랑이랑 천방지축으로 뛰어놀던 들녘……. 어머니 황구의 냄새…….

길남이가 이런 누렁이의 속하곤 달리 태연히 말했것다.

"그건 그래. 놀면 누가 밥 먹여 주나, 일하고 밥 먹어야지. 옷 팔 때 부리는 묘기도 별것 없고, 홍보 문구 적은 옷도 입고 있을 만해. 그러니까 너무 어렵게 생각하지 마. 그리고 무엇보다도 니 곁엔 이제 내가 있잖아. 그러니까 너보다 일 년은 더 개 밥그릇 핥은 이 오빠한테 기대고 살아 봐. 손해는 없을 것이야. 아, 장터 옷 전의 지존, 길남이!"

"웃겨, 증말!"

누렁이가 길남이의 너스레에 '픽!' 하고 웃었다.

길남이가 아퀴를 짓듯 말했것다.

"암튼 내가 오빠일 테니까 앞으로는 오빠라고 부르도록 해라."

누렁이는 의젓한 표정으로 그렇게 말하는 길남이가 우스웠다.

"오빠든 옷 장수든 부르는 건 내 맘이야!"

"옷 장수야 너도 할 것이니까, 오빠라고 불러!"

둘은 그런 시시껄렁한 이야기를 나누며 서울로 가는 무료한 시간을 달래었으니. 휴게소에서 잠깐 쉰 짐차는 계속 고속 도로를 달려 마침내 옷 장수 아저씨의 서울 집에 도착했것다.

옷 장수 아저씨는 집에 도착하자 짐칸에서 누렁이를 내리게 한 뒤 통성명부터 하자는구나.

"니 주인이 니 이름이 누렁이라고 하더라. 털 색깔이 그냥 니 이름이긴 하지만, 괜히 헷갈리게 새 이름 짓지 말고 그대로 부르자. 나는 니도 알다시피 옷 장수야. 전국을 떠돌지. 주로 시골 장날에 가서 옷을 팔아."

말 안 해도 다 아는 소리였지만, 누렁이는 잠자코 듣기만 하였것다. 팔려 온 개 주제에 무슨 말이 더 필요하겠는가.

옷 장수 아저씨는 일단 누렁이 몸에 맞게 옷을 맞춘 뒤 옷 파는 데에 필요한 여러 홍보 문구와 가격을 써넣었다.

"내가 널 공짜로 데려온 게 아니고 몸값을 주고 데려왔으니, 공밥 먹으면 안 된다. 말하자면 밥값을 해야 한단 말이다. 밥값을 하려면 너도 일을 해야 해. 길남이 하는 것 봤지? 그렇게 하는 거야."

옷 장수 아저씨는 누렁이한테 옷 판매용 개 옷을 입히며 아주 흡족해했것다.

그놈의 밥값! 누렁이는 밥값이라는 소리만 들어도 이젠 지긋지긋하다. 개가 꼭 밥값을 해야 하는지……. 개는 그냥 먹고 자고 가끔 짖으면 그만 아닌가. 그래서 개 팔자가 상팔자라는 말도 있을 터인데…….

누렁이가 그런 생각을 하는 사이 누렁이에게 옷을 다 입힌 옷 장수 아저씨는 누렁이를 똑바로 세우고 바라보았것다.

"자, 서 봐라. 아이고, 멋지다! 역시 순종 진도개는 달라! 길남이도 멋지긴 한데 진도가 고향인 진도개가 아니라 육지에서 태어난 진돗개라서 어딘가 좀 어색했거든. 순종 진도개가 아니라 잡종 진돗개야!"

길남이의 출생의 비밀이 밝혀지는 순간이었으니. 괜히 누렁이 가슴이 뜨끔했다. 그러나 길남이는 아랑곳하지 않았다. 그런 말을 하도 많이 들은 까닭이렷다.

길남이는 얼핏 진도개 같지만 자세히 보면 육지의 똥개와 진도개가 섞인 듯하다. 하지만 그런 대로 봐 줄 만한 개 몸매를 가지고 있다. 아마도 부모의 장점만 드러난 모양이렷다.

똥개라……. 세상에 똥개가 어디 있겠는가? 다만 진도의 개인 진도개하고 달라 그렇게 부를 뿐이다. 똥개가 있다면 똥사람도 있을 것이다.

"순종, 잡종이 어디 있다요. 개믄 다 똑같은 개지!"

누렁이가 그렇게 외쳤지만 옷 장수 아저씨가 알아듣지 못했것다. 개는 사람 말을 알아듣는데 사람은 개의 말을 못 알아듣기 때문이로다. 이런 때 보면 개가 사람보다 분명 한 수 위인 것 같다.

진도개를 두고 순종, 잡종을 가르는 사람들의 기준이라는 게 조금 웃긴다. 하지만 사람들은 자기 집 개가 그 기준에 들어맞으면 좋아라 하고 조금만 벗어나도 씁쓰레해한다. 어이없는 일이로다.

본디 진도개의 눈은 작은 대추씨 모양으로 생겨야 좋은 개란다. 눈 바깥쪽은 약간 경사지듯 위로 올라가는 게 좋고. 게다가 눈동자는 짙은 적갈색이고 코는 검어야 좋은 핏줄의 개로 본다. 다만 흰 개는 담홍색 눈을 가졌어도 진도개로 쳐주고. 허리를 볼작시면 지나치게 길면 되레 안 좋게 본다. 긴 허리는 아래로 휘기 십상이라 그렇다나. 꼬리도 진도개를 볼 때 아주 중요한 판단 기준이 되는데, 꼬리는 될 수 있으면 몸뚱이 가운데로 서거나 말려야 좋단다. 한쪽으로 치우쳐 비뚤어져 있거나 힘없이 등에 얹혀 있어도 좋지 않단다. 물론 두 번 말린 꼬리도 별로라 한다. 털이 너무 짧아도 안 좋고, 길어서 아래로 흘러내려도 안 좋은 진도개란다. 기껏해야 생긴 겉모습으로 판단하는 진도개 기준이렷다. 속 모습을 판단하는 기준은 없다. 하긴 사람도 속을 알 수 없는데 어떻게 개 속까지 알겠는가.

아무튼 누가 만들었는지 참 웃기는 기준이렷다. 진도개는 인공 교잡이 아니라 자연 도태 과정을 거쳐 오늘날까지 살아남은 개다. 굳이 기준이라는 잣대를 들이대려면 인공 교잡으로 만들어진 셰퍼드 같은 외국 개에게나 적용할 일이로다.

사람들의 진도개 기준에 따르면 길남이는 안 좋은 항목이 더 많구나. 그러나 겉모습을 얼핏 보면 길남이나 누렁이나 거기서 거기다. 그런데 무슨 순종, 잡종을 따지는가.

옷 장수 아저씨는 누렁이한테 옷을 입혀 놓고 한참을 들여다본 뒤 고개를 끄덕였것다.

"음, 복장은 이만하면 되었다. 근데 니가 실전에 나가기 전에 익혀야 할 것이 좀 있어. 옷 장사를 하려면 몇 가지 요령을 익혀야 하거든. 학교에 가서 며칠만 연습하면 돼. 그동안은 길남이랑만 다닐 테니 너는 공부 좀 한 뒤 다시 합류하자."

옷 장수 아저씨가 누렁이를 데려간 곳은 이른바 '개 학교'라 하는 개 훈련소였겄다. 누렁이는 훈련소에서 공부하는 건 상관없지만 길남이랑 만나자마자 며칠이라도 떨어져 지내야 하는 건 좀 아쉬웠으니.

'피, 길남이 오빠랑 벌써 정든 거야, 뭐야? 근디 만나자마자 이별이네……'

누렁이는 자신의 마음속이 이상한 것이 이상했겄다. 그러나 길남이에겐 아무렇지도 않은 척했으니.

"누렁아, 니는 개 학교에 며칠 안 있어도 될 거야. 얼른 갔다 와. 그 학교 다녔다는 쫑만 있으면 되니까!"

길남이 말에 따르면 개를 데리고 옷 장사를 할 때 개 훈련소 수료증이 있으면 그 바닥에선 더 알아준단다. 게다가 외국에서 온 명견이면 더욱 좋고, 국내 개 중에선 애초에 진도에서 태어난 진도개면 장사하는 데에 아주 도움이 되고 '끗발'이 생긴다고 했겄다. 사람 사이에서나 통하던 '쫑'이 개 사이에서도 통하고, 외제 명품이 좋고, 혈연도 아주 중요하단다! 말이야 바른 말이지, 개 같은 세상!

누렁이는 옷 장수 아저씨를 따라 마침내 개 훈련소에 입소했다. 개 훈련소엔 군용견이 되어 군대로 갈 셰퍼드와 구조견이 되어 경찰서나 소방서로 갈 셰퍼드가 많았다. 셰퍼드는 독일에서 왔다는데 덩치가 송아지만 했다. 얼핏 보기에도 늠

름하고 멋있어 보였다. 누렁이는 자기도 기왕 개 학교에 왔으면 군용견이나 구조견이 되면 좋겠다고 생각했다. 하지만 개 훈련소의 조교가 누렁이의 이런 상상을 단숨에 부수고 말았것다.

"누렁이라고 했어? 생기긴 진도개 같은데 여기서 배울 것 뭐 있나? 진짜 진도개라면 본디 갖고 태어난 본능대로만 하면 돼!"

조교는 누렁이한테 그렇게 말한 뒤 별로 신경을 쓰지 않았것다. 맞는 말이기는 하다. 태어난 본능대로 살면 되는데 굳이 배워서 뭘 하겠는가? 쥐 잡는 것도 본능대로 하면 되고, 집 지키는 것도 본능대로 하면 된다. 그런데 뭘 더 배워야 하는 거지?

진도개는 자아의식이 강하고 자기 주인에 대한 충성심만 세서 주인 명령이 아니면 따르지 않아 군용견으로는 부적합하단다. 또 수렵 본능이 강해 구조견 노릇을 하다가도 사냥감이 나타나면 그걸 쫓아가 버리기 때문에 경찰서나 소방서에서도 별로 좋아하지 않는단다.

하지만 진도개는 집 하나는 잘 지킨다네. 마을 사람이 집에 와도 주인이 들어오라는 말이 떨어지기 전엔 그 집 대문을 지키는 진도개의 검문을 피할 수 없고, 대문을 나설 때도 주인의 허락 없이 물건을 가지고 나가다간 개한테 혼쭐난다는 전설 같은 이야기가 아직도 전해지고 있으니! 그러니 아무나 명령을 내리는 군용견으론 적합하지 않을 것이로다.

게다가 진도개는 맹인 안내견으로도 적합하지 않단다. 맹인 안내견은 아무리 배가 고파도 아무거나 먹으면 안 되고, 길을 가다 뱀이나 쥐, 새나 개구리 등이 나타나도 사냥질을 하면 안 된다네. 오로지 주인의 명령만 따라야 한다는구만. 주인의 명령? 그것만 보면 진도개가 딱이다. 그러나 진도개의 수렵 본능이 그걸 못 하게 한단다. 그래서 영국의 레트리버인가 하는 개를 일부러 비싼 돈 주고 사들여 와야 한다니, 참으로 개가 웃을 일이로다.

누렁이는 개 훈련소 일정이 따분하기만 했것다. 누렁이 몸에 이미 밴, 배변 연습에 개 밥그릇 핥는 일, 잠자리 골라 자는 일 같은 것만 공부하기 때문이렷다. 같이 훈련을 받는 다른 개들은 주로 경비를 맡아서 하는 도시 개들이었다. 걔들한테는 모든 게 어려운 모양이었다. 그러나 당장 배우지 않으면 자기들이 할 일이 없어지므로 다들 열심히 했다. 그러나 누렁이는 뭐를 하든 신명 나지 않고 시들했으니.

"참 나, 내가 하룻강아지도 아닌디, 고런 것만 가르쳐 주네. 내가 누구여? 배변? 나는 아무 데나 똥오줌 누는 개가 아녀. 일정한 시간에 일정한 자리에만 싸지! 장소가 마땅치 않으믄 이틀이고 사흘이고 똥도 안 싸는 개여. 개 밥그릇을 깨끗이 핥아 묵는 법? 진짜 이 사람들이 뭘 모르는구만. 난 사람 애기 사타구니에 든 똥도 깨끗이 핥아 묵을 줄 아는 개란 말이여! 아휴, 개 존심 상해! 잠자리? 나는 아무 데서나 자는 개가 아녀. 묵는 일은 아무 데서나 혀도 잠자는 것은 항상 일정한 곳에서 잔단 말이여. 그란디 시방 잠자리 골라 자는 법을 나헌티 가르치는 것이여? 내 참, 개 존심 많이 상허네……."

며칠 더 지나자 개 훈련소에서 달리기랑 춤 같은 것을 가르쳤것다. 마치 언젠가 고향 진도에서 어머니 황구를 따라가서 본 '개 전람회' 때 거기 나온 개들이 기량을 겨루며 하는 것과 같았다. 운동장을 냅다 뛰어가기, 운동장 중간에 짚단 같은 장애물을 두고 거기 뛰어넘기, 굴렁쇠같이 철사로 만든 둥근 테에 불을 붙여 놓고 거기 지나가기, 땅바닥에 새끼줄로 둥그렇게 테두리 쳐 놓은 원 안에서 두 발로 서서 빙 돌며 고개 돌리기……. 아기 똥 깨끗이 핥아 먹는 일보다 훨씬 더 쉬운 일들이었것다. 누렁이는 이미 소싯적에 무덤가에 붙은 불을 온몸에 물을 묻혀 끄기도 하였다. 그런데 불 굴렁쇠 통과하는 걸 훈련이랍시고 공부하라니…….

그래도 누렁이는 하라면 하라는 대로 착실하게 모든 훈련을 다 받아 냈것다. 개 훈련소에서 마지막으로 가르치는 건 사람 말 알아듣는 것이었으니.

왼손, 그러면 앞발 가운데 왼발을 내밀면 되고, 오른손, 그러면 오른발을 내밀면 되는 일이었다. 신문 물어 와, 그러면 멀리 던져 놓은 신문을 물고 오면 되었다. 하지만 그런 것도 누렁이에겐 모두 개 밥그릇의 식은 죽 핥는 일만큼이나 하잘 것없는 일일 뿐.

"자, 이것으로 개 훈련소에서 가르쳐 줄 것은 다 가르쳐 주었다. 주인 말 잘 듣고 주인이 하라는 대로 해서 좋은 개가 되도록!"

개 훈련소의 조교는 몇 안 되는 개들을 앞에 두고 마지막 인사를 했것다. 누렁이는 그가 하는 말을 다 알아들었지만 다른 개들은 못 알아듣는지 조교를 멀뚱히 쳐다보며 눈알만 뒤룩뒤룩 굴리고 있었것다.

조교가 한마디 더 했것다.

"이건 혹시나 싶어 노파심에서 하는 말인데, 사람하고 같이 갈 때는 그때그때의 상황에 맞춰 가야 한다. 특히 여자 사람하고 나란히 가면 자칫 그 여자 사람이 개 같은 년이라는 소리를 들을지도 모른다. 물론 여자 사람이 여러분 앞에 나서서 뛰어가기라도 하면 그 여자 사람은 개보다 더 독한 년이 되는 것인데, 그걸 못 참고 여러분도 여자 사람 뛰는 대로 같이 뛰어가면 그 여자 사람이 또 개 같은 년이 된다. 물론 그 여자 사람이 여러분보다 뒤처져 가면 그 여자 사람은 개보다 못한 년이 되고! 그러니까 내 말은 사람을 상대할 땐 항상 눈치를 잘 살펴 그 사람이 개 취급당하지 않게 조심해 주어야 한다는 말이다. 자나 깨나, 오나가나 사람 조심! 알았지요?"

개 조심이 아니라 사람 조심이라니! 조교는 나름 농담이라고 했는지 모르지만 누렁이가 듣기엔 참말로 개보다 못한 사람이 중얼거리는 개소리였으니. 누렁이는 완전히 개 무시당한 기분이 들었다. 개 훈련소는 개 학교라더니, 조교라는 사람은 개 학생들을 앞에 두고서 사람 학교라는 데서 하는 흉내는 다 내었다. 사람보다는 개가 더 편해서 그러는 건지 모를 일. 어쩌면 개하고 지내다 보니까 개를 닮아서 그런 건지도……

조교의 시답지 않은 소리를 더 이상 참지 못하고 누렁이는 조교를 향해 사납게 으르렁거리고 말았다. 그냥 수료증인지 뭔지 종이 쪼가리만 얌전히 나누어 주었으면 조교가 누렁이 같은 개한테 개코망신은 당하지 않았을 것이다.

"참 나, 나는 사람 말을 다 알아묵는단 말이여. 나헌티 이런 것 가르치지 말고 차라리 사람들헌티 내 말 알아묵는 걸 가르쳐야제!"

물론 누렁이가 아무리 그렇게 말해도 알아듣는 이가 없어 그냥 '멍멍' 소리로 그치고 말았다.

수료식이 끝나자, 옷 장수 아저씨가 누렁이를 데리러 왔것다. 다른 개 주인들은 수료식 때 맞춰 와서 자기 개가 상장을 받거나 수료증을 받을 때 박수도 치고 했는데 옷 장수 아저씨는 수료식이 다 끝나고서야 나타난 것이렷다.

누렁이는 수료증 말고도 상장을 하나 받았것다. 개 밥그릇 깨끗이 핥아 먹은 상! 부상은 비닐봉지에 든 개 사료였으니.

옷 장수 아저씨는 늦게 나타난 게 누렁이에게 미안했는지 설레발을 쳐 댔것다.

"누렁아, 그간 고생 많았다. 너 뭐 좋아하냐? 아저씨가 맛있는 것 사 줄게."

그 순간에 가장 먹고 싶은 것은 황씨 할아버지 손주의 노란 아기 똥이었다. 그러나 그런 특식이 마련되어 있을 것 같지 않았것다. 다음으로는 황씨 할아버지가 사 준 장터 식당의 국밥이 떠올랐다. 그러나 그것도 어려울 것이로다. 그걸 먹으려면 진도 장터까지 가야 하는데, 그게 어디 쉬운 일인가. 무엇보다도 누렁이가 의사 표시를 해도 아저씨가 알아듣지를 못하는 게 더 문제일 것이다. 누렁이는 고개를 푹 숙이고 말았다. 이것도 저것도 가능한 일이 아니었다. 점심은 그냥 수료식 때 부상으로 받은 개 사료를 먹고 말았다.

아무 맛도 없는 개 사료.

나, 누렁이……

노랑이도 떠나고 누렁이도 떠난 헛간에 황구는 홀로 엎드려 있는 시간이 많아졌것다. 무슨 일을 해도 흥이 나지 않았것다. 나이가 들어 더 그런지 모르겠지만, 요즘은 헛간에 엎드려 노랑이와 누렁이의 냄새를 떠올리는 게 아주 중요한 일이 되고 말았으니.

자식들이 없는 틈을 메워 보려고 새로 시작한 일은 주인집 아이들이 학교 오가는 길을 배웅하고 마중 나가는 일이었다.

"잉, 노랑이랑 누렁이랑 다 읎은께 재미가 읎어!"

주인집 아이들은 예전처럼 쥐도 가지고 놀지 않았것다.

"다 늙은 황구만 냄기고 다 팔아 부러서 우린 누구랑 놀아! 밖에 나가서 뛰어다녀도 노랑이, 누렁이만 있으믄 한나도 안 위험했는디."

맞는 말이었다. 신 나게 들로 산으로 뛰어다닐 때 뱀이라도 있을라치면 개 친구들이 먼저 알아차리고 뱀을 잡아 버렸지. 그리고 웅덩이가 풀에 덮여 있어도 용케 알고 훌쩍 뛰어넘어서 아이들에게 딛지 말라는 걸 알려 주었지. 그렇게 같이 힘차게 뛰어다니던 노랑이와 누렁이가 없으니 아이들도 노는 일이 시들해진 것이리.

놀 때 집 밖으로 안 나가고 들녘을 안 쏘다니기만 하면 뱀 같은 것을 안 만날 수 있다. 하지만 학교를 오가지 않을 수는 없어 그 길은 피할 수 없다. 걸핏하면 학교 오가는 길 양옆에 있는 논이나 밭에서 뱀 같은 길짐승이 길로 나왔으니. 아이들은 길로 나온 길짐승을 보면 기겁을 했다. 전 같으면 노랑이와 누렁이가 아이들 학교 오가는 길을 미리 살펴 주었다. 그러나 이제는 그럴 수 없으니.

황구는 노랑이와 누렁이가 하던 일을 자신이 맡기로 했다. 자신이 어렸을 땐 많이 한 일이긴 하다. 그러나 나이가 들면서는 굳이 신경 쓰지 않았다. 그런 일은 자연스레 어린 개에게 물려주는 것이기에. 그런데 이젠 노랑이와 누렁이가 없구나. 그래서 그 애들이 하던 일을 자신이 해야 한다. 물론 어려운 일은 아니다. 오가는 길에 가까운 건넛마을에 사는 노랑이를 가끔 만날 수 있는 것은 그나마 뜻밖의 소득이라 할 것이다.

"어무니, 아그들 앞에서 이슬 털고 앞으로 나갈 때 조심혀야 쓰요. 길짐승이 어딘가 웅크리고 있다 나타나 콱 물지 모른께."

"노랑이 니가 인자 내 걱정을 하는구나. 이 에미가 늙기는 늙은 모양이제."

"늙으나 젊으나 조심혀야 헌께 그라제."

"알었다. 알었어. 그란디 누렁이는 서울 옷 장수헌티 팔려 간 뒤론, 너랑 나랑 다 잊어부렀는가 잠깐이라도 안 댕겨 가는구나. 읍 장날이믄 여러 차례 왔다 가도 했을 것인디……."

"누렁이가 아직 자리를 못 잡은 모양이지라. 읍 장날 왔으믄 반드시 집에 들렀을 것인디, 아직 안 댕겨 가는 것 보믄 일이 힘든 모양이지라."

"그라믄 더 보고 잪구나. 얼매나 일이 힘들믄……."

황구는 노랑이는 가끔 보므로 안심이 되었는데 누렁이는 그동안 한 번도 보지 못해 걱정이 태산이었것다.

마침내 옷 장수 아저씨가 진도 장날에 맞추어 옷 팔러 가는 날이 되었것다. 누렁이는 며칠 전부터 흥분되어 잠도 잘 오지 않았다. 그동안 서울 가까운 경기도의 어느 읍에서 열린 오일장을 찾아갔을 때 공식적인 옷 판매 개로 데뷔를 했다. 조금 떨리기는 했지만 길남이가 도와주어서 큰 실수하지 않고 무사히 데뷔전을 치를 수 있었다.

"누렁아, 축하해!"

"아녀, 오빠 아니었으믄 아까 실수할 뻔했어."

"언제?"

"두 발로 서서 빙 돌 때 말이여."

"내가 가서 너랑 손잡을 때 말이여? 잘하던데?"

"오빠 눈엔 그게 잘하는 것으로 보였어? 난 하마터믄 어지러워서 물건 쌓아 놓은 디로 쓰러질 뻔했구만. 그때 오빠가 마침 손을 뻗어 내 손을 잡았기에 망정이지, 안 그랬으믄 난 고꾸라졌을고만."

"그래도 그만하면 데뷔전은 훌륭해!"

"고마워, 오빠!"

누렁이는 이제 '오빠'라는 소리가 자연스레 나온다. 길남이는 누렁이가 선머슴처럼 굴지 않고 사근사근 감겨 오는 게 좋고.

옷 장수 아저씨도 누렁이가 실수하지 않고 묘기를 잘 보여 준 게 아주 마음에 든 모양이었으니.

"누렁이, 잘했어! 캉캉 춤 추듯이 뒷발로 뛴 것도 좋았고, 치마 펼치며 빙 돈 것도 좋았어. 그 대목에서 길남이 손잡고 같이 쌍으로 회전무 춘 것도 아주 좋았어. 같이하니까 길남이 혼자 할 때보다 훨씬 좋아!"

아저씨가 좋아하니까 누렁이는 얼떨떨하면서도 기분은 괜찮았다. 그날 저녁 길남이와 누렁이는 아저씨가 밥그릇 넘치도록 준 개밥을 달게 훑어 먹었것다.

"누렁아, 배부르니?"

"응, 오빠. 오빠도 잘 묵었어?"

"응, 니 덕분에 아주 잘 먹었어!"

"오빠가 있어서 다행이야."

"나도 니가 와서 개 좋아!"

"개 좋다구?"

"아주 좋다는 말이야."

"정말로 좋아?"

"그럼."

길남이가 자연스레 누렁이를 껴안더니 엉덩이 쪽에 코를 갖다 대며 킁킁거렸것다.

"오빠, 뭐 해?"

"응, 니가 엄마 되고 싶어 하는 것 같아서."

누렁이는 '엄마'라는 말에 황구가 떠올랐것다.

"우리 어무니는 으찌께 살고 있을까?"

"딸들 그리며 밤마다 달 보며 짖고 있겠지."

"달이 안 뜨는 밤엔?"

"어둠 속에서 한숨만 푹푹 쉬고 있겠지."

"오빠 어무니도 그랬어?"

"난 어머니 얼굴도 몰라."

"왜?"

"젖도 떨어지기 전에 아저씨가 날 데려와 버렸거든."

"저런, 으찌까……."

길남이가 누렁이의 허리에 올라탔것다.

"누렁아, 가만있어. 우리도 엄마 아빠 되어 봐야지."

"고로코롬 하믄 엄마 아빠 되는 것이여?"

"응. 나도, 개야. 개는 이렇게 사랑을 하는 거야!"

"사랑?"

누렁이는 길남이의 '사랑'이라는 말에 황씨 할아버지와 장에 갔다 올 때의 풍경이 떠올랐다. 엉덩이를 마주 대고 사랑인가 뭔가를 하던 개들……. 누렁이는 길남이의 말에 마침내 고개를 끄덕였것다. 길남이는 수컷이고 자신은 암컷인 것을…….

길남이가 누렁이 등 위에서 끙끙거리며 애를 써 댔다. 누렁이는 길남이가 끙끙거리다가 쓰러질까 봐 걱정이었고. 누렁이는 꼬리를 한쪽으로 돌려 길남이가 뒤에서 붕가붕가를 잘할 수 있게 해 주었다. 누가 가르쳐 준 것도 아닌데 그렇게 꼬리를 사려야만 할 것 같아서였다. 누렁이 등 위에서 한참을 끙끙거린 길남이가 마침내 내려왔다. 그런데 이를 어쩌나, 둘의 엉덩이가 한 몸처럼 딱 붙어 버렸으니. 둘은 서로 다른 쪽을 보고 떨어지려 애썼으나 무슨 조홧속인지 몸이 떨어지지 않았것다. 마치 항아리를 맞대고 접착제나 시멘트로 이어 붙인 것 같았다. 둘이 떨어지기 위해 낑낑거리는 소리가 방에까지 들렸던 모양이다.

"야, 길남아, 밖에 무슨 일 있냐? 왜 그렇게 찡찡거려?"

옷 장수 아저씨가 현관문을 열고 마당으로 내려왔다.

"엥?"

아저씨는 길남이와 누렁이가 맞붙어 있는 것을 보고 깜짝 놀라는 소리를 냈다.

"야, 보자마자 맞붙어 버리면 어떡하냐? 오호라, 강아지 만들어서 가족 판매단 만들려고? 그거 괜찮은 생각이다. 좋다, 좋아! 근데 일 다 봤으면 얼른 떨어져서 들어가 자거라. 내일은 진도까지 가야 한다."

아저씨가 보고 있자 몸이 더 굳어 가는지, 길남이와 누렁이는 더욱 안 떨어졌것다.

"이런 때는……."

아저씨가 안으로 들어가더니 바가지에 물을 가득 담아 내왔것다.

"가만있어라, 물 붓는다!"

아저씨가 바가지의 물을 두 엉덩이 사이에 내리부었것다. 그러자 한 몸이 거짓말처럼 다시 나뉘어 두 몸이 되는구나. 허 참!

두어 달 만에 다시 온 진도 읍 장엔 여전히 장꾼들이 많았다. 누렁이는 혹시라도 자기를 알아보는 장꾼들이 있을까, 걱정했지만 아무도 몰라보았것다. 오로지 개가 옷을 입고 있는 게 신기하다는 표정들이었으니.

아저씨는 예의 그 자리에 옷 전을 펼쳐서 장꾼들을 불러 모았다. 길남이와 누렁이는 사람처럼 옷 판매원 복장을 한 채 장꾼들 사이를 누비며 있는 힘껏 홍보를 했것다.

아저씨가 손뼉을 치며 외쳐 댔다.

"자, 자, 골라잡으십시오! 할머니들 몸뻬 바지, 며느리들 쫄쫄이 바지, 아가씨들 나팔바지까지, 없는 것만 빼고 있을 건 다 있습니다. 이번에 가고 나면 언제 올지 모릅니다. 가실 때는 말없이, 오실 때는 요란하게! 말 되는지 어쩐지는 모르겠습니다만 할머니, 며느리, 아가씨들 다 와서 골라잡으십시오. 야, 애들은 가라, 애들은 가! 우리 옷 전 홍보 도우미 길남이와 누렁이가 여러분을 도와줄 것입니다. 얘들이 메고 있는 게 가격표입니다. 누구나 부담 없을 가격입니다. 아, 저기 있는 누렁이는 바로 이 고장 진도 출신입니다. 순종 진도개이지요! 순종 진도개가 보증하는 좋은 물건입니다. 골라잡으십시오. 여기 있는 길남이 고향도 반은 진도입니다. 다만 육지에서 낳은 진돗개일 뿐입니다. 하지만 누렁이 배 속에 길남이 자식이 자라고 있으니 곧 진도개 패밀리, 진도개 가족 판매

단이 구성될 것입니다. 그때도 변함없이 사랑해 주시기 바랍니다. 골라! 골라! 골라!"

아저씨의 너스레가 통했는지 옷 장사가 아주 잘되었것다.

장이 파하자 아저씨는 남은 물건을 차에 실은 뒤 길남이와 누렁이를 데리고 단골 식당으로 들어갔것다. 식당 아주머니가 알은체를 하는데.

"오늘은 개가 두 마리네요잉."

"예, 한 식구가 늘었습니다."

아저씨가 식탁 앞에 털썩 앉으며 짧게 대답했것다.

아주머니는 주방으로 들어가 아저씨가 먹을 음식을 내온 뒤 길남이와 누렁이가 먹을 밥도 퍼 왔다. 길남이와 누렁이는 문 옆에 앉았다. 아주머니가 양푼에 개밥을 퍼 주자 누렁이는 옆도 안 돌아보고 바닥 핥는 소리가 날 정도로 싹싹 핥아 먹었것다.

길남이는 누렁이가 눈 깜짝할 새에 비운 개 밥그릇을 보고 말했다.

"배고팠구나."

"응."

"잘 먹어야 돼. 니 배 속에 인제 아기도 있잖아."

그러면서 길남이는 자기 밥그릇을 누렁이 앞으로 가게 했것다. 누렁이는 자신이 정신없이 밥을 먹고, 길남이 밥까지 먹을 준비를 하고 있다는 사실보다는 '아기'라는 말에 얼굴이 화끈거렸것다. 그리고 보니 한 식구만 늘 게 아니었다. 식구가 얼마나 더 늘지는 몸을 풀어 봐야 알겠지만······.

"이 식당은 아저씨 단골이야. 그래서 진도 장날 와서 장사 마치면 무조건 이리 와서 밥을 먹어."

길남이의 설명이 아니더라도 개를 쫓아내지 않는 것을 보아 눈치로 아저씨 단골 식당인 줄 알 수 있었다. 누렁이도 이젠 눈치가 그 정도는 된 것이로다.

저녁을 먹은 뒤 아저씨는 숙소를 정했다. 내일엔 다른 읍장에 가야 하므로 서울로 돌아가지 않는다면서. 진도에서 자고 새벽에 일찌감치 움직이면 되는 것이렷다. 아저씨가 정한 숙소는 마당이 있는 여관이었다. 아마 길남이와 누렁이를 위해 그런 숙소를 찾은 것 같기도 하다.

"늘 와서 자던 집이야."

길남이가 익숙하게 마당 안으로 들어서며 누렁이를 돌아보았것다.

아저씨가 묵을 방 앞의 마루에 걸터앉아 양말을 벗으며 말했것다.

"나는 이 방에 들어가 잘 테니까 니들은 여기 마루 밑에서 밤을 지내면 돼. 알았지? 다른 데 가지 말고!"

마치 누렁이가 집에 한번 다녀올 거라는 걸 아는 것처럼,

아저씨는 '다른 데 가지 말고!'라고 했것다. 그 말을 듣자 누렁이는 더욱 집에 가고 싶어졌으니.

아저씨가 길남이와 누렁이를 마루 밑으로 몰아넣은 뒤 방으로 들어갔다. 아저씨가 방문 닫는 소리가 마루 밑까지 들렸다. 그러자 누렁이는 집에 다녀오기로 마음먹고 바로 마루 밑에서 기어 나와 몸을 일으켰다. 집에 가면 노랑이는 못 보겠지만 어머니는 볼 수 있을 것이다.

길남이가 마루 밑에서 따라 나오며 물었것다.

"무슨 일이랴?"

"집에 얼른 갔다 올게."

"혼자서?"

"혼자 가야제."

"위험한데."

"괜찮어. 오빠는 여그 있어. 혹시라도 아저씨가 찾을 줄 모른께."

"아저씨는 한번 방에 들어가면 아침까지 다시 나오는 법이 없어. 그러니까 같이 가자."

"그럴 필요 읎은께 오빠는 여그 그냥 있어."

누렁이가 강하게 길남이를 주저앉혔것다. 길남이 마음 같아선 누렁이의 어머니, 아니 자신의 장모를 이참에 한번 보는 것도 괜찮을 것 같았다. 하지만 누렁이가 내키지 않아 해서 자신은 마룻장 밑에 그냥 있기로 했것다.

마침내 누렁이는 여관을 나섰것다. 집으로 가는 길은 어두컴컴했다. 하지만 눈을 감고도 갈 수 있는 길이었다. 자주 다닌 건 아니지만 손금 보듯 환한 길이었다. 황씨 할아버지와 노랑이와 어머니와 함께 오간 길이다. 그 길을 이제 혼자서 간다. 아니, 혼자가 아니다. 배 속에 강아지가 자라고 있다. 배 속의 아기들과 같이 가고 있는 것이로다.

누렁이는 젖 빨던 힘까지 짜내며 최대한 빨리 달렸것다. 조금이라도 빨리 어머니를 보고 싶고, 조금이라도 오래 어머니랑 있고 싶어서였으니.

마을로 들어서자 모든 것이 그 모습 그대로였다. 두어 달 사이에 계절만 가을을 지나 초겨울이 되었다. 자신도 어느새 예비 엄마가 되었다. 누렁이는 익숙한 발길로 자신이 살던 황씨 집으로 내달렸것다.

골목에 들어서자 어머니 냄새가 잡혔다.

어머니는 헛간 안에 그대로 있을 것이다.

누렁이는 숨을 헐떡거리며 헛간 문을 긁었다.

황구가 누구냐고 물었다.

누렁이가 대답했다.

"나, 누렁이……."

그리고 누렁이는 바로 헛간 문 앞에 쓰러져 버린 것이다.

그 뒤로는 무슨 말을 했는지 모른다. 다만 속이 메슥거리며 어지러웠을 뿐…….

| 작품 해설 |

사람의 길, 개의 길

박경장 (문학평론가)

《개님전傳》! 도대체 무슨 소설?

동물 애호가와 동물 전문가를 어떻게 구별할까요? 강아지를 본 첫마디가 "아, 귀엽다!"라면 아마도 동물 애호가일 것이고, "음! 진돗개와 풍산개 교배종이군. 생후 한 달에서 한 달 반쯤 됐겠는데."라고 한다면 동물 전문가라고 할 수 있지 않을까요. 자기 분야와 관련된 어떤 것을 보면 전문가들은 본능적으로 분류 작업부터 하는 경향이 있지요. 이른바 문학 전문가라 하는 평론가들도 새로 출간된 소설을 보면 '이게 어느 계열의 소설이지? 장르는?' 하며 분류하려 듭니다. 특히 내용과 형식이 이전에 보지 못한 것이라면 눈에 불을 켜고 더 자세히 뜯어보지요. 그놈을 어느 구석에라도 분류시켜 놓아야 안심하는 이가 평론가라는 문학 전문가입니다. 물론 작가는 자신의 작품이 작품을 옥죄는 분류망에 걸러지는 걸 못마땅해하죠. 그래서 작가는 그

분류망에 큰 구멍을 내려고 끊임없이 새로운 글쓰기에 도전합니다. 하지만 도전에는 응전이 따르는 법. 어느새 평론가는 그 새로운 글을 또 다른 갈래의 이름으로 분류해 응전합니다. 이렇게 작가의 도전과 평론가의 응전이 반복되면서 문학의 폭이 넓어지고 깊이가 더해 가는 것이죠.

《개넘전》이라. 그럼 이 작품은 어떤 계열의 소설일까요? '전(傳)'이라면 판소리에서 음악적 요소를 빼고 사설 부분만을 떼어 와 소설적 구성으로 다시 짠 '판소리계 소설'일까요? 이 소설의 서술 문체도 판소리에서 소리와 소리 사이에 가락을 붙이지 않고 이야기하듯 줄거리를 서술하는 '아니리조'로 이루어져 있으니. 하지만 판소리계 소설이라면 그 중심 서사가 오랜 기간 구전되어 내려온 전설이나 설화를 기본 바탕으로 하고 있어야 하는데, 《개넘전》은 어느 전설이나 설화에 기대지 않은, 순전히 작가 개인의 창작물입니다. 그렇다면 판소리계 소설이라 보기는 힘들겠고. 다만 서술 방식 또는 문체를 판소리 사설 형식에서 일부 차용한 것으로 봐야겠지요.

그렇다면 개가 주인공이니, 동물을 빌어 인간성을 풍자하며 도덕적인 교훈을 주는 '우화'일까요? 《개넘전》은 분명 개가 주인공으로 등장하고, 개가 사람처럼 생각하고 행동하고 말도 하니 말입니다. 하지만 중심 서사가 인간의 어리석음과 약점들을 부각시키는 데 맞추어져 있는 건 아니에요. 물론 '개만도 못한 두 발 달린 검은 머리 짐승'에 대한 언급이 없는 것은 아니지만, 중심 서사는 분명 황씨 할아버지와 황구 가족 사이의 아름다운 공존에 초점이 맞추어져 있습니다. 그리고 우화는 보통 인간에게 주는 윤리적 가르침이나 교훈으로 마무리한다는 형식이 굳어져 있죠. 하지만 《개님전》은 출가한 누렁이가 새끼를 밴 채 고향과 어미 품에 안기는 이야기로 끝을 맺고 있습니다. 그러니 우화로 보기도 어렵죠.

그렇다면 우화는 아니라 하더라도 나쓰메 소세키의 장편 소설 《나는 고양이로소이다》처럼 동물의 눈을 통해 인간의 내면과 사회를 객관적이면서도 유머러스하게 드러내려는 '우의적 풍자 소설'일까요? 하지만 《개님전》은 인간 세상을 풍자하기 위한 도구로 개가 등장하는 건 아닙니다. 사람과 더불어 살면서 똑같이 생로병사와 신산고초를 겪는 개 가족 이야기이지요. 게다가 딱히 풍자하려는 인물 대상이나 인물 유형이 등장하지도 않습니다. 황구 가족의 주변 사람들에 대한 화자의 어조 역시 비판적이거나 풍자적이지 않지요. 오히려 개를 팔아야 하는 황씨 할아버지 아들과 며느리, 그리고 노랑이와 누렁이의 새 주인 모두에게 따뜻한 시선을 보내고 있습니다. 심지어 황씨 할아버지 몸을 낫게 하기 위해 황구를 잡아야 한다고 말하는 동네 어른들에게조차도 결코 냉소적인 어조를 들이대지 않지요. 황씨 할아버지 장례식 때 개 상주를 보고 "사람보다 나은 개"라며 인간으로서 자신의 모습을 부끄러워하는 대목에서 엿볼 수 있듯 화자는 그들에게도 따뜻한 시선을 보냅니다.

우화도, 우의적 풍자 소설도 아니라면《개님전》은 동심의 세계를 그린 '동화'일까요? 황구 가족과 황씨 할아버지 사이에 맺어진 삶과 죽음을 초월한 두텁고 애틋한 정은 동물과 인간 사이의 구별을 훌쩍 뛰어넘는 전형적인 동심 세계의 모습이니까요. 박상률 작가가 동화에 대해 언급하면서 자주 인용하는 중국 명나라의 이지라는 사상가는 "동심이란 거짓 없고 순수하고 참된 것으로, 최초 일념의 본심이다. 동심을 잃으면 참된 마음을 잃는 것이며, 참된 마음을 잃으면 참된 사람을 잃는 것이다."라고 했습니다. 황구 가족이 자신들의 주인인 황씨 할아버지에게 보여 준 충성심과 황씨 할아버지가 죽음의 순간까지 잃지 않은 황구 가족에 대한 순수하고 참된 마음은 분명 동심의 세계를 보여 주고 있습니다. 하지만《개님전》에는 이 이야기 외에 또 하나 중요한 갈래가 있지요. 바로 황구와 황구 자식인 노랑이와 누렁이 사이의 이야기입니다. 두 강아지가 태어나서부터 새로운 주인을 찾아 어미 곁을 떠날 때까지, 어미로부터 개로서 살아가는 법을 배우는 '성장 이야기'이죠. 그러니 동화로만 잡아 두기엔 이야기 갈래가 큰 편입니다. 하지만 동화적 요소가 있는 건 분명합니다.

종합해 보면 이 독특한 소설은 '판소리 아니리조 사설체 형식을 차용한 동화 같은 소설'이라 이름 할 수 있을 것 같습니다. 그런데 도대체 이런 분류가 이 소설을 감상하는 것과 무슨 관련이 있을까요? 직업상 문학 전문가라는 평론가로서 분류하는 거라면 그냥 혼자 속으로만 알고 있으면 되는 게 아닌가, 하는 의문이 들 겁니다. 그렇습니다. 단순히 분류를 위한 분류를 하려는 건 아닙니다. 이런 분류 과정 속에 《개님전》을 《개님전》이게 만든, 이 소설의 핵심이 들어 있기 때문입니다. 그 핵심에 '지역 소설(regional novel)'이라 부를 만한 이 소설의 배경 '진도'가 있지요.

진돗개 말고 진도개 이야기

지역 소설이라 하면 어느 특정 지역의 풍습, 언어, 역사, 민속, 신념, 사회 구조 등이 작품 속 등장인물의 성격, 생각과 느낌, 그리고 행동 방식에 영향을 미치는 소설을 말합니다. 우리나라는 딱히 지역 소설이라 부를 만한 작품이나 작가를 떠올리기 쉽지 않지만, 영미권에서는 어렵지 않게 찾을 수 있습니다. 우리에게 《테스》로 잘 알려진 영국의 소설가 토머스 하디는 그의 거의 모든 작품을 영국 남서부 농촌 지역인 '웨섹스'를 배경으로 썼답니다. 특정 지역을 배경으로 자연의 거친 환경과 삶의 우연 속에서 안개 속 같은 삶을 살아가는 인간 군상을 묘사했죠. 미국 작가로 노벨 문학상을 수상한 윌리엄 포크너는 미국 남부에 '요크나파토파군(郡)'이라는 가상 지역을 모델로 많은 작품을 썼어요. 그 가상 공간을 배경으로 변환기의 미국 남부 역사와 전통이 인간의 운명에 미치는 영향을 탐구했습니다.

그렇다면 《개님전》의 지리적 배경이 되는 '진도'는 이 소설의 핵심이 되는 인물, 사건과 어떤 상호 관련이 있기에 지역 소설이라 부를 만한 걸까요. 무엇보다 먼저 이 소설의 주인공인 황구 가족이 진도개라는 사실을 들 수 있지요. 굳이 작가가 진돗개라는 표준어를 두고 '진도개'로 표기하기를 고집하는 이유는 소설 속에서도 밝히고 있듯이 '순종, 잡종을 가르려는 의도'가 아닙니다. 그건 진도에서 나고 진도에서 자라 진도 사람들과 더불어 살아가는 진도개의 삶을 묘사하려는 의도이지요. 타고난 혈통은 진돗개이지만 목줄에 묶여 도시 집이나 지키는 진돗개가 아니라, 진도 시골집 마당에서 아이들과 뛰어놀고 광 속의 쥐를 잡으며 때로는 뒷산의 노루도 사냥할 줄 아는 진도개 말입니다. 사료 먹고 크는 진돗개가 아니라 별미 중의 별미 아기 똥을 핥아 먹고 때론 국밥집에서 손님 대접을 받으며 크는 진도개, 밤

그림자에 컹컹 짖어 대기만 하는 진돗개가 아니라 진도 아리랑 한 대목쯤은 흥얼거릴 줄 아는 진도개, 밥그릇 있는 곳이 제 고향인 진돗개가 아니라 돌아갈 고향, 어미 품이 있는 진도가 고향인 진도개 말이지요.

물론 진도개가 아니어도 모든 개는 주인에게 충성스러운 동물입니다. 또한 황구 가족이 주인인 황씨 할아버지의 목숨을 구해 주는 미담도 꼭 진도개가 아니어도 종종 들을 수 있는 이야기입니다. 하지만 다른 개와 비교해 진도개의 귀소 본능은 유별난 데가 있습니다. 그래서 작품 마지막 대목에서 누렁이가 제 고향, 어미 품으로 돌아오는 장면은 진도개에겐 흔히 있는 일이죠. 다만 그것도 돌아갈 고향이 없는 진돗개에게는 해당되지 않는 일일 겁니다.

황구 속에 투사된, 소리로 맺고 푸는 진도 여인의 삶

'개 팔자는 주인 따라간다'는 말이 있지요. 《개님전》의 황구 가족 역시 황씨 할아버지의 죽음으로 운명이 바뀝니다. 황구는 자식들과 생이별을 하고, 누렁이와 노랑이는 새 주인을 따라 어미 곁을 떠납니다. 이런 '삶과 죽음, 만남과 헤어짐'이라는 이 소설의 중심 서사에 황씨 할아버지의 장례식이 있습니다. 이 소설에서는 진도 만가 중 선소리꾼의 하직소리가 애달프게 울려 퍼지지요. 진도 만가는 진도만의 고유한 장례 풍습과 풍물이 어우러지며 불리는 상엿소리예요. 진도는 타 지역에 비해 장례 풍습이 매우 발달돼 있는 곳입니다. 진도 만가 외에도 진도씻김굿, 진도다시래기 등이 장례 의례로 유명하지요. 그런데 이 진도 장례 의례들에는 다른 지역에서는 볼 수 없는 매우 특이한 장면이 두 가지 있습니다. 하나는 장례 의례에 여성이 참여한다는 것이고, 다른 하나는 슬픔의 장례 속에 축제의 난장(亂場)이 끼어든다는 겁니다.

진도 상여 의례에서는 하얀 소복을 입은 여성들이 상여 앞에 '질베'라는 길게 늘어뜨린 하얀 무명천을 잡고 만가를 부르면서 묘까지 갑니다. 질베는 저승으로 가는 길을 닦는다는 상징적 의미를 지니고 있는데요. 길게 늘어놓는 천이라 해서 '길베'라고도 불리죠. 진도씻김굿도 여성들이 이 질베를 맺고 푸는 것으로 끝맺습니다. 그러니 진도 상여 의례에서 여성들의 역할은 매우 중요하다고 할 수 있습니다.

진도에서 언제부터 어떤 계기로 여성들이 장례 의례에 참여하게 됐는지는 잘 알려져 있지는 않아요. 다만 지리적·역사적 조건으로 유추해 볼 수는 있습니다. 섬에서는 고기 잡는 바다 일은 남자가 하고 농사짓는 뭍 일은 여자가 담당하는 것이 보통이죠. 게다가 남편이 바다에서 불귀의 객이 되어 돌아오지 못하는 경우가 많고, 돌아온다고 해도 또다시 오랫동안 바다에 나가 있기에 실질적으로 섬 아낙들이 혼자 가정을 책임져야 하는 경우가 많습니다. 그래서 섬 아낙들은 대개가 생활력이 강하고 드세다고들 하지요. 그리고 무엇보다 역사적으로 남해안 지역은 수백 년 동안 왜구의 침략과 약탈, 그리고 전쟁의 동원으로 타 지역과 비교할 수 없을 정도로 많은 남자들이 죽었어요. 고려 시대에는 진도삼별초군의 대몽항쟁으로 진도 젊은이 대부분이 목숨을 잃었다고 합니다. 집집마다 아낙들이 아들과 남편의 줄초상을 치러야 했던 한의 역사가 서린 곳이 바로 진도이지요. 그러니 가뜩이나 남자가 부족한 상황에서 손이 많이 가는 상여 의례에 자연스럽게 여성이 참여하게 됐을 거예요. 그러면서 죽음에 대한 슬픔과 한, 그리고 계속 이어 가야 할 삶에 대한 책임은 온전히 여성들의 몫이었을 터이니, 내용상 실질적인 상주는 여성인 셈이지요.

진도는 남도 소리의 본고장입니다. 진도 소리에는 장례에서 불리는 만가 외에도 진도 아리랑, 진도들노래, 육자배기 등 다양한 남도 민요들이 있어요. 그런데 주목할 점은 이 남도 민요가 남자들의 노래가 아니라 여성들의 노래라는 것입니다. 주로 여성들에 의해 불릴 뿐만 아니라, 가사도 대부분 진도 아낙들의 기구한 삶에 대한 내용이에요. 진도 아리랑 첫 소절에 "'문경새

재'는 웬 고개인가 구부야 구부구부가 눈물이로구나."라는 노랫말이 나옵니다. 이 구절을 들을 때마다 "진도 아리랑에 웬 경북 문경새재인가?" 하고 의아해했는데, 최근에 향토 사학자들을 중심으로 '문전세재'를 잘못 듣고 표기한 데서 발생한 오류라는 주장이 제기되고 있답니다. 실제로도 진도에서는 처음부터 '문전세재'로 불렀다고 해요. 문전세재에 대한 여러 해석 중에 '여인의 인생살이를 안방과 부엌을 연결한 쪽문, 부엌과 마당을 이어주는 부엌문, 죽어서 마당에서 북망으로 떠나는 대문 등 세 문을 눈물 고개로 은유한 것'이란 주장이 가장 그럴듯한 것으로 받아들여지고 있답니다. 바로 진도 여인의 기구한 삶에 맺힌 한을 소리로 풀고 예술로 승화시킨 것이 진도 아리랑이며 남도 소리인 것이지요.

《개님전》의 황구와 짝을 맺은 흑구는 '지 새끼 얼굴도 못 보고' 죽습니다. 그 사이에서 태어난 새끼들도 노랑이와 누렁이 암캐 둘만 살아남죠. 당연히 낳고 키우고 출가시키는 모든 것은 오로지 어미 황구의 몫입니다. 진도 여인의 삶과 무척 닮아 있지요. 작가가 황구 가족을 암컷으로만 설정한 것도 이와 무관하지 않을 겁니다. 진돗개 하면 으레 주인에 대한 '충성심'과 사냥개로서 '용맹성'을 떠올리기 쉬운데, 황구는 그런 진돗개의 이미지보다는 고향 어머니의 이미지가 강하게 풍기는 진도개입니다. 박상률 작가의 고향이 진도이지요. 아마도 그가 보고 자란 진도 여인의 삶이 황구와 황구 가족의 삶으로 자연스럽게 투사됐을 겁니다.

진도 상여굿, 죽음 속 삶의 난장

진도 장례 의례에 또 다른 특징은 '죽음'이라는 이별의 슬픔에 '삶'이라는 만남의 축제가 끼어든다는 점입니다. 진도 만가에는 타 지역 상여 의례에서 볼 수 없는 사물 악기가 등장합니다. 다른 지역의 상여 행렬에는 구슬픈 요령 소리만 뗑그렁뗑그렁 단조롭게 울려 퍼지는 것이 보통이죠. 하지만 진도 만가 행렬에는 피리와 더불어 북, 장구, 꽹과리, 징 등의 타악기 소리가 요란하게 울려 퍼집니다. 당연히 소리를 곁들인 어깨춤이 상여 행렬 여기저기서 덩실덩실하지요. 죽음 한가운데서 한판 삶의 난장이 펼쳐지는 겁니다.

진도 장례 풍경을 멀리서 보면 마치 '마을에 축제가 열린 것' 처럼 보인다고들 합니다. 어떻게 이런 '상여굿'이 가능할까요? 그건 진도이기에 가능하다는 걸 이해해야 합니다. 역사적으로 수많은 줄초상을 치렀던 진도 사람들은 마냥 슬픔에 눌려 있어서는 가뜩이나 힘든 삶의 조건을 극복해 갈 수 없다는 걸 일찍부터 터득한 것이지요. 슬픔에 눌리기보다 오히려 슬픔을 가지고 '노는 것'이야말로 슬픔을 극복하는 최고의 방법이라고 생각한 겁니다. 저승길까지도 "놀다 가세 놀다 가세." 하며 망자와 한바탕 신명 나게 놀며 보내는 것이 죽은 자뿐만 아니라 산 자를 진정으로 위로하는 것이라고 생각한 겁니다. 이것이 한을 신명으로 승화시킨 진도인의 소리요 예술인 것이지요. 그래서 작품 속 상여 행렬에서도 "오랜만에 상 치르는 걸 굿하드끼 하는 것 보는구만!", "노랭이 황씨 할아부지가 으짠 일이여! 죽어서 우릴 즐겁게 해 주는구만!" 하며 마을 어른들이 즐거워하고, 노랑이도 흥에 겨워 빙글빙글 돌고 춤추며 진도 아리랑 한 가락을 흥겹게 흉내 내는 겁니다. 이렇게 죽은 자가 산 자를 한데 불러 살아서 맺혔던 한을 풀고, 죽어서 풀어진 만남을 산 자가 다시금 이어 가는 것이지요.

앞서 《개님전》을 분류하기를 '판소리 아니리조 사설체 형식을 차용한 동화 같은 소설'이라 했습니다. 소리의 고장 진도, 진도개 이야기를 하는데 판소리 아니리조로 사설을 늘어놓는 이야기 형식은 더없이 적절한 선택이라 할 수 있습니다. 《개님전》은 비록 개(님)의 이야기이지만 '삶과 죽음, 만남과 헤어짐'이라는 인생사의 보편적인 주제를 다루고 있습니다. 그러나 보편적인 주제를 진도라는 특수한 지역의 풍습과 풍물로 표현해 내고 있습니다. 그것도 인간의 반려동물인 개와 더불어서요. 작품 기저에 짙게 배어 있는 슬픔을 놀이로 승화시키는 진도의 장례 풍습과 풍물은 모든 일상을 놀이와 연관시키는 동심의 세계와 닮아 있지요. 소리로 맺고 푸는 진도 여인의 삶이 황구로 투사된, 사람의 길과 개의 길이 결코 다르지 않은 동화 같은 이야기, 바로 《개남전》입니다.

보배섬이라는 진도(珍島)는 남도 다도해의 아름다운 자연으로 인해 보배섬이기도 하지만, 그보다는 사람이 보배라서 보배섬이랍니다. 혹시 진도에 가시거든 세 가지 자랑일랑 절대 하지 마세요. 소리 잘한다, 그림 잘 그린다, 글씨 잘 쓴다. 잘 알다시피 진도는 남도 소리의 본고장이자 소치, 미산, 남농으로 이어지는 남종화 본산인 운림산방(雲林山房)이 있는 곳이며, 유배 문화가 꽃피운 고장이기 때문입니다. 서당 개 삼 년이면 풍월을 읊지만 진도개 삼 년이면 소리를 하지요. 가끔 그림도 그리고 시도 쓸 줄 안답니다. "뭐라고요? 아무리 진도개라도 그렇지. 소리 흉내 내는 건 그렇다 치더라도, 그림을 그리고 시까지 쓴다고요? 무슨 개 풀 뜯어 먹는 소리냐?" 하고 콧방귀 뀌시는 분이 있다면 박상률 작가의 《개밥상과 시인 아저씨》를 읽어 보세요. 읽고 나면 고개를 주억거릴 겁니다. 어떻게 진도개가 그림을 그리고 시를 쓰는지.

시공 청소년 문학 중·고등학생 이상 권장 도서

1 아빠는 아프리카로 간 게 아니었다 마르야레나 렘브케 지음 | 이은주 옮김 | 156쪽 | 7,500원
한우리 권장 도서 · 책교실 추천 도서

2 안데스의 비밀 앤 놀란 클라크 지음 | 공경희 옮김 | 188쪽 | 7,500원
뉴베리 상 수상 · 책교실 추천 도서 · 경기도교육청 추천 도서 · 서울시교육청 전자도서관 추천 도서

3 열네 살, 그 여름의 이야기 마르티나 빌드너 지음 | 문성원 옮김 | 312쪽 | 8,500원
페터 헤르틀링 상 수상 · 책교실 추천 도서 · 경기도교육청 추천 도서 · 서울시교육청 전자도서관 추천 도서

4 세상 끝 외딴 섬 유대인 자매 이야기 1부 아니카 토어 지음 | 임정희 옮김 | 356쪽 | 8,500원
독일 아동청소년 문학상 수상 · 어린이문화진흥회 선정 도서 · 밀드레드 L. 배철더 상 수상

5 연꽃 연못가에서 유대인 자매 이야기 2부 아니카 토어 지음 | 임정희 옮김 | 292쪽 | 8,500원

6 소중한 사람들 유대인 자매 이야기 3부 아니카 토어 지음 | 임정희 옮김 | 300쪽 | 8,500원

7 또 다른 세상으로 유대인 자매 이야기 4부 아니카 토어 지음 | 임정희 옮김 | 336쪽 | 8,500원

8 빛은 어떤 맛이 나는지 프리드리히 아니 지음 | 이유림 옮김 | 300쪽 | 8,500원 | 아침독서운동 추천 도서

9 비밀의 시간 마르야레나 렘브케 지음 | 김영진 옮김 | 168쪽 | 7,500원
오스트리아 아동청소년 문학상 명예 도서 · 어린이도서연구회 권장 도서

10 돌이 아직 새였을 때 마르야레나 렘브케 지음 | 김영진 옮김 | 132쪽 | 7,500원
오스트리아 아동청소년 문학상 수상 · 한우리 권장 도서 · 아침독서운동 추천 도서 · 청소년출판협의회 추천 도서

11 함메르페스트로 가는 길 마르야레나 렘브케 지음 | 김영진 옮김 | 204쪽 | 7,500원
한국간행물윤리위원회 청소년 권장 도서 · 아침독서운동 추천 도서
어린이도서연구회 권장 도서 · 전국학교도서관담당교사모임 추천 도서

12 난 버디가 아니라 버드야! 크리스토퍼 폴 커티스 지음 | 이승숙 옮김 | 304쪽 | 8,500원
뉴베리 상 수상 · 전국학교도서관담당교사모임 추천 도서 · 경기도교육청 추천 도서
서울시교육청 전자도서관 추천 도서

13 차가운 물 요아힘 프리드리히 지음 | 김영진 옮김 | 448쪽 | 9,500원
독일 아동청소년 문학상 추리 부문 수상 작가

14 검정새 연못의 마녀 엘리자베스 조지 스피어 지음 | 이주희 옮김 | 348쪽 | 8,500원
뉴베리 상 수상 · 미국도서관협회(ALA) 선정 주목할 만한 책
어린이도서연구회 권장 도서 · 경기도교육청 추천 도서 · 서울시교육청 전자도서관 추천 도서

15 드럼, 소녀 & 위험한 파이 조단 소넨블릭 지음 | 김영선 옮김 | 288쪽 | 8,500원
아침독서운동 추천 도서 · 책따세 추천 도서 · 전국학교도서관담당교사모임 추천 도서 · 경기도교육청 추천 도서
서울시교육청 전자도서관 추천 도서

16 푸른 눈의 인디언 전사 타탕카 버질 포츠 지음 | 임정희 옮김 | 536쪽 | 10,000원
부산시교육청 청소년 독서능력 경진대회 선정 도서 · 경기도교육청 추천 도서 · 서울시교육청 전자도서관 추천 도서

17 한 광대가 자란다 요나스 가르델 지음 | 임정희 옮김 | 372쪽 | 9,000원 | 어린이문화진흥회 선정 도서

18 마지막 재즈 콘서트 조단 소넨블릭 지음 | 김영선 옮김 | 288쪽 | 8,500원 | 한국출판인회의 선정 도서
어린이도서연구회 권장 도서 · 경기도교육청 추천 도서 · 서울시교육청 전자도서관 추천 도서

19 황금나무 박윤규 지음 | 116쪽 | 7,000원

20 깡마른 마야 코슈카 지음 | 이정주 옮김 | 106쪽 | 7,000원 | 전국학교도서관담당교사모임 추천 도서

21 삶이 먼저다 안느 마리 폴 지음 | 이정주 옮김 | 140쪽 | 7,500원 | 어린이문화진흥회 선정 도서

22 킬리만자로에서, 안녕 이옥수 지음 | 232쪽 | 8,000원
어린이문화진흥회 선정 도서 · 대한출판문화협회 선정 도서 · 아침독서운동 추천 도서
전국학교도서관담당교사모임 추천 도서 · 국립어린이청소년도서관 사서 추천 도서 · 경기도교육청 추천 도서
서울시교육청 전자도서관 추천 도서

23 왓슨 가족, 버밍햄에 가다 크리스토퍼 폴 커티스 지음 | 정회성 옮김 | 320쪽 | 8,500원
뉴베리 아너 상 수상 · 코레타 스콧 킹 아너 상 수상 · 골든 카이트 상 수상
퍼블리셔스 위클리 최고의 책 · 청소년출판협의회 추천 도서 · 전국학교도서관담당교사모임 추천 도서
미국도서관협회(ALA) 청소년을 위한 최고의 책 · 경기도교육청 추천 도서 · 서울시교육청 전자도서관 추천 도서

24 횃불을 든 사람들 로즈마리 서트클리프 지음 | 공경희 옮김 | 420쪽 | 9,500원
카네기 상 수상 · 어린이문화진흥회 선정 도서

25 하늘에 던지는 외침 구마가이 다쓰야 지음 | 권남희 옮김 | 372쪽 | 9,000원
어린이문화진흥회 선정 도서 · 아침독서운동 추천 도서

26 열일곱 살 아빠 마거릿 비처드 지음 | 햇살과나무꾼 옮김 | 256쪽 | 8,000원
북새통 우수 도서 · 어린이문화진흥회 선정 도서 · 아침독서운동 추천 도서 · 어린이도서연구회 권장 도서
미국도서관협회(ALA) 청소년을 위한 최고의 책 · 스쿨 라이브러리 저널 올해 최고의 책
전국학교도서관담당교사모임 추천 도서

27 키스 재클린 윌슨 지음 | 닉 샤랫 그림 | 이주희 옮김 | 440쪽 | 10,500원
학교도서관저널 추천 도서 · 경기도교육청 추천 도서 · 서울시교육청 전자도서관 추천 도서

28 발차기 이상권 지음 | 172쪽 | 8,000원 | 책따세 추천 도서 · 국립어린이청소년도서관 사서 추천 도서
문화체육관광부 선정 우수교양도서 · 전국 독서새물결모임 선정 도서
학교도서관저널 추천 도서 · 전국학교도서관담당교사모임 추천 도서

29 완벽하게 행복한 날 앤 파인 지음 | 이주희 옮김 | 232쪽 | 8,000원 | 전국학교도서관담당교사모임 추천 도서

30 행복한 롤라 로즈 재클린 윌슨 지음 | 닉 샤랫 그림 | 이은선 옮김 | 392쪽 | 9,500원 | 아침독서운동 추천 도서

31 구라짱 이명랑 지음 | 280쪽 | 9,000원
전국학교도서관담당교사모임 추천 도서 · 학교도서관저널 추천 도서
어린이도서연구회 권장 도서 · 경기도교육청 추천 도서 · 서울시교육청 전자도서관 추천 도서

32 정상에 오르기 3미터 전 롤랜드 스미스 지음 | 김민석 옮김 | 384쪽 | 9,000원
미국도서관협회(ALA) 선정 최우수 청소년 도서 · 전국학교도서관담당교사모임 추천 도서 · 학교도서관저널 추천 도서
어린이도서연구회 권장 도서 · 북리스트 편집자 상 수상 · 전미 아웃도어 상 수상

33 제레미 핑크, 비밀 상자를 열어라! 웬디 매스 지음 | 모난돌 옮김 | 448쪽 | 9,500원
어린이문화진흥회 선정 도서

34 우리 모두 별이야 웬디 매스 지음 | 장현주 옮김 | 408쪽 | 9,000원
한국간행물윤리위원회 청소년 권장 도서 · 학교도서관저널 추천 도서 · 한우리 권장 도서
아침독서운동 추천 도서 · 어린이도서연구회 권장 도서 · 어린이문화진흥회 선정 도서
미국 청소년도서협회 선정 우수 도서 · 경기도교육청 추천 도서 · 서울시교육청 전자도서관 추천 도서

35 껍질을 벗겨라! 조앤 바우어 지음 | 이주희 옮김 | 348쪽 | 9,000원 | 아침독서운동 추천 도서
학교도서관저널 추천 도서 · 어린이문화진흥회 선정 도서 · 미국도서관협회(ALA) 청소년을 위한 최고의 책

36 마루 밑 캐티 아펠트 지음 | 데이비드 스몰 그림 | 박수현 옮김 | 396쪽 | 9,500원
뉴베리 아너 상 수상 · 전미 도서상 최종 후보작 · 미국도서관협회(ALA) 선정 주목할 만한 책
북리스트 선정 청소년을 위한 책 · 대한출판문화협회 선정 도서 · 경기도교육청 추천 도서
서울시교육청 전자도서관 추천 도서

37 반딧불이 핑퐁 조준호 지음 | 180쪽 | 8,500원
어린이문화진흥회 선정 도서 · 아침독서운동 추천 도서 · 학교도서관사서협의회 추천 도서

38 폴리스맨, 학교로 출동! 이명랑 지음 | 256쪽 | 9,000원
《무비위크》 선정 충무로가 탐내는 책 · 책읽는사회문화재단 우수문학도서
한우리 권장 도서 · 경기도교육청 추천 도서 · 서울시교육청 전자도서관 추천 도서

39 몽키맨을 아니? 도리 힐레스타드 버틀러 지음 | 장미란 옮김 | 280쪽 | 8,500원
마크 트웨인 상 수상 · 샬롯 상 수상 · 아이오와 어린이 초이스 상 수상 · 스콜라스틱 북 클럽 선정 도서
캔자스 주 선정 최고의 책 · 펜실베이니아 주 선정 청소년 베스트 도서
아침햇살 추천 도서 · 한우리 권장 도서 · 경기도교육청 추천 도서 · 서울시교육청 전자도서관 추천 도서

40 몽키맨을 알고 있어! 도리 힐레스타드 버틀러 지음 | 장미란 옮김 | 280쪽 | 8,500원

41 2시간 17분 슈퍼스타 가제노 우시오 지음 | 김미영 옮김 | 320쪽 | 9,500원
어린이문화진흥회 선정 도서 · 학교도서관저널 추천 도서

42 차마 말할 수 없는 이야기 카롤린 필립스 지음 | 김영진 옮김 | 216쪽 | 8,500원
2011 오스트리아 아동청소년 도서상 수상 · 어린이도서연구회 권장 도서

43 재회 시게마쓰 기요시 지음 | 김미영 옮김 | 424쪽 | 9,500원
경기도교육청 추천 도서 · 서울시교육청 전자도서관 추천 도서 · 나오키 상 수상 작가 · 어린이문화진흥회 선정 도서

44 독수리 군기를 찾아 로즈마리 서트클리프 지음 | 김민석 옮김 | 440쪽 | 10,000원
아침햇살 추천 도서 · 위즈키즈 선정 이달의 책 · 카네기 상 수상 작가

45 라디오에서 토끼가 뛰어나오다 남상순 지음 | 168쪽 | 8,500원
2011 경기문화재단 우수예술프로젝트 선정 사업 수혜작 · 평화방송 추천 도서 · 경기도교육청 추천 도서
고래가숨쉬는도서관 추천 도서 · 책읽는사회문화재단 우수문학도서 · 서울시교육청 전자도서관 추천 도서

46 이름을 훔치는 페퍼 루 제럴딘 머코크런 지음 | 조동섭 옮김 | 344쪽 | 9,500원
카네기 상 수상 작가 · 휘트브레드 아동문학상 수상 작가 · 2011 카네기 상 후보작
한국간행물윤리위원회 청소년 권장 도서 · 경기도교육청 추천 도서 · 서울시교육청 전자도서관 추천 도서

47 달의 노래 호다카 아키라 지음 | 김미영 옮김 | 224쪽 | 9,000원 | '포플라사 소설 대상' 우수상 수상

48 충분히 아름다운 너에게 쉰네 순 뢰에스 지음 | 손화수 옮김 | 240쪽 | 8,500원
브라게문학상 수상 작가 · 국립어린이청소년도서관 사서 추천 도서

49 너를 위한 50마일 조단 소넨블릭 지음 | 김영선 옮김 | 288쪽 | 9,000원
한국간행물윤리위원회 청소년 권장 도서 · 아침독서운동 추천 도서

50 개님전(傳) 박상률 지음 | 176쪽 | 9,000원 | 아침독서운동 추천 도서 · 전국독서새물결모임 선정 도서

51 마녀를 꿈꾸다 이상권 지음 | 272쪽 | 9,000원 | 고래가숨쉬는도서관 추천 도서 · 전국독서새물결모임 선정 도서

52 사자의 꿈 최유정 지음 | 212쪽 | 8,500원 | 고래가숨쉬는도서관 추천 도서 · 책읽는사회문화재단 우수문학도서

53 인간 합격 데드라인 남상순 지음 | 216쪽 | 8,500원 | 책읽는사회문화재단 우수문학도서 · 아침독서운동 추천 도서

54 우리는 고시촌에 산다 문부일 지음 | 188쪽 | 8,500원
책읽는사회문화재단 우수문학도서 · 서울문화재단 예술창작지원금 수혜작 · 아침독서운동 추천 도서

55 빨간 지붕의 나나 선자은 지음 | 252쪽 | 9,000원 | 살림 청소년문학상 수상 작가

56 광인 수술 보고서 송미경 지음 | 132쪽 | 8,000원 | 한국출판문화상 대상 수상 작가

*시공 청소년 문학은 계속 출간됩니다.